DER VERSTOCKTE HERZOG

CHRONIKEN DER EHESTIFTUNG
BUCH EINS

DARCY BURKE

Übersetzt von
PETRA GORSCHBOTH

Der verstockte Herzog

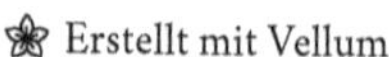 Erstellt mit Vellum

DER VERSTOCKTE HERZOG

Der Pfad der wahren Liebe verläuft niemals geradlinig. Manchmal ist eine Hausparty zur Ehestiftung vonnöten. Wenn Paare sich auf einer Hausparty kennenlernen, ereignen sich provokative Flirts, heimliche Rendezvous und Verliebtheit im Überfluss.

Als Nachhilfelehrerin ist Mrs. Juno Langton jungen Ladys behilflich, die Fähigkeiten und das Selbstbewusstsein zum Führen einer vorteilhaften Ehe zu entwickeln. Ganz gleich, wie herausfordernd sich ihre Aufgabe auch gestaltet, gerät ihr heiteres Gemüt nie ins Schwanken. Als sich bei einer Hausparty die Gelegenheit ergibt, ihren schwierigen Schützling mit einem Herzog zu verkuppeln, setzt Juno alles daran, ihren Brotherren zufriedenzustellen und die Zukunft der jungen Lady zu sichern. Zu dumm nur, dass der Herzog ein mürrischer, verstockter Griesgram ist, wenn auch ein irritierend gut aussehender.

Herzog von Warrington hegt eine Abneigung gegen gesell-

schaftliche Zusammenkünfte und despektiert den Heiratsmarkt, was es nahezu unmöglich macht, eine Frau zu
finden. Er fasst den Plan, seine zukünftige Herzogin auf
einer Hausparty zu suchen. Allerdings steht seine Favoritin
unter der Obhut einer überaus aufdringlichen – und
provokanten – Mrs. Langton, die entschlossen ist, seine
bessere Natur zu enthüllen. Er wird alles daransetzen,
ihrem sonnigen Charme und raumerhellenden Lächeln zu
entkommen, doch sie durchbricht seine Schale, und sie zu
küssen ist die einzige Möglichkeit, die ihm einfällt, sie zur
Ruhe zu bringen. Er sollte die junge Lady heiraten, und
sich nicht nach ihrer Begleiterin verzehren.

Doch jetzt überdenkt er die Wahl seiner Auserkorenen.

KAPITEL 1

September 1802

»Marina hat diesen Sommer große Fortschritte gemacht.« Mrs. Juno lächelte ihre Brotherrin, Lady Wetherby, strahlend an. »Ich wage zu sagen, dass sie in diesem Herbst eine kurze Zeit in York wagen könnte.«

Mit einer tief gerunzelten Stirn und geschürzten Lippen wirkte Lady Wetherby nicht überzeugt. Aber warum sollte sie das auch? Ihre Tochter, Marina, war ein gesellschaftliches Desaster. *War.* Es war Junos Aufgabe, dies zu berichtigen, und sie hatte einige Fortschritte bewirkt. Allerdings war es vielleicht ein wenig übertrieben, dies als »große Fortschritte« darzustellen.

»In welcher spezifischen Art und Weise hat sie sich verbessert?«, fragte die Countess aus dem gegenüberstehenden Sessel in ihrem privaten Wohnzimmer, in dem sie beide sich einmal wöchentlich zusammensetzten, um über Marina zu sprechen.

»In ihrem Tanz.« Weil sie jeden Tag eine Stunde lang übten. »Ihre Souveränität in der Konversation.« Auch das übten sie jeden Tag eine Stunde lang. Und Juno übersah auch eines nicht – sie wusste, dass sich Marinas Souveränität durch ihr Wirken verbessert hatte, doch es würden noch einige Verfeinerungen erforderlich sein, sobald sie nach London kämen. Oder York, was eine hervorragende Probe für London sein würde.

»Was ist mit dem Lächeln?«, fragte Lady Wetherby. »Ich habe sie nicht mehr lächeln sehen als gewöhnlich. Was wirklich kaum vorkam.« Sie schüttelte leicht mit dem Kopf.

»Auch das verbessert sich.« Auch hierin hatte Juno einen Erfolg mit Marina zu verbuchen, doch sie konnte nicht sicher sein, ob ihr Schützling bei anderen Leuten lächeln würde. Zumindest nicht am Anfang. Das war das Problem. Bis Marina jemanden besser kannte, fühlte sie sich in dessen Gegenwart vollkommen unbehaglich. Sie stellte keinen Augenkontakt her, sie zappelte herum und sie brachte kaum ein Wort hervor. Juno konnte sich gut vorstellen, wieso kein Gentleman ein zweites Mal mit ihr tanzte – nicht nur bei einem einzigen Ball, sondern während der *gesamten* Saison.

»Das kann ich nicht erkennen, aber andererseits denke ich auch, dass es Marina Spaß macht, sich mir gegenüber auf eine besonders mürrische Weise zu geben.« Lady Wetherby schürzte die Lippen sogar noch mehr. Juno fragte sich, ob sie zusammenschrumpfen und ganz verschwinden würden.

»Ich glaube nicht, dass das stimmt, Mylady«, entgegnete Juno mit einem verbindlichen Lächeln. »Ich denke, mit Verlaub gesagt, dass Marina Ihnen gefallen möchte und weiß, dass ihr das nicht gelungen ist.«

Lady Wetherbys Nasenflügel flatterten. »Wollen Sie damit sagen, es sei meine Schuld, dass sie kalt und abweisend ist?«

»Überhaupt nicht.« Obwohl sie damit gar nicht so furchtbar danebenlag … »Wenn Sie sie vielleicht mehr ermuntern würden, könnten Sie vielleicht mit einer Demonstration ihrer Fortschritte belohnt werden.« Juno bot ihr breitestes Lächeln, was normalerweise auch das kälteste Naturell zum Auftauen brachte. Nicht dass Lady Wetherby kalt wäre. Nun, vielleicht war sie das, wenn es um ihr ältestes Kind ging. Juno hatte sie mit ihren jüngeren Kindern erlebt und weitaus entspannter empfunden.

»Das werde ich tun«, entgegnete Lady Wetherby, ehe sie einen weiteren genervten Seufzer ausstieß. »Ich bin sicher, dass Sie recht haben und meine Tochter Fortschritte macht. Das ist der Grund, aus dem wir Sie eingestellt haben, nachdem wir London frühzeitig verlassen hatten.«

Juno hatte ihren vorigen Vertrag früher als erwartet zu Ende geführt, als ihr ehemaliger Schützling sich einen Earl ergattert hatte. Die Familie war über Junos Anleitung überglücklich und Juno war begeistert gewesen, sich einige Zeit für sich selbst zu gönnen, wozu sie nach Bath reiste, wo sie zwei Wochen in den starken Armen eines charmanten Kapitäns verbrachte. Es hätte sich vielleicht auch länger hinziehen können, doch dann erhielt sie das Angebot von den Wetherbys, um sich ihrer Tochter anzunehmen, die nach einer desaströsen Saison eine Verbesserung dringend nötig hatte. Unfähig, der Herausforderung oder der Bezahlung zu widerstehen, hatte Juno ihren Kapitän verlassen und war in den Norden Yorkshires gereist.

»Ich fürchte, sie ist für ein Leben als Jungfer bestimmt«, meinte Lady Wetherby mit einem Stirnrunzeln und zog Juno damit wieder in die Gegenwart zurück.

»Ich bin sicher, dass wir das vermeiden können. Der richtige Ehemann für Marina ist irgendwo dort draußen. Wir müssen ihn nur finden. Ich denke ein kleiner Aufenthalt in York könnte genau das Richtige sein.« Juno wollte Marina die Gelegenheit verschaffen, ihre neu erworbenen Fähigkeiten in gesellschaftlichen Rahmen außerhalb der geschäftigen Saison auszuprobieren.

»Ich stimme zu«, meinte Lady Wetherby und faltete die Hände im Schoß. »Nicht über York, sondern darüber, dass der richtige Ehemann irgendwo dort draußen ist. In diesem Sinne sind wir nächsten Monat zu einer Hausparty eingeladen. Der Herzog von Warrington wird daran teilnehmen. Über ihn wird gemunkelt, dass er den Heiratsmarkt verabscheut, aber er braucht eine Frau. Es ist die perfekte Gelegenheit, eine Verbindung zwischen ihm und Marina anzubahnen.« Ihre blauen Augen leuchteten vor Vorfreude und Zuversicht. Als ob die Verlobung zwischen Marina und dem Herzog ein *Fait accompli* wäre.

Juno war sich des Herzogs nur vage bewusst. Er schien nicht von der geselligen Sorte, was leicht den Glauben erweckte, er würde sich nichts aus dem Heiratsmarkt machen. Jemanden wie ihn mit jemandem wie Marina zusammenzubringen wäre … eine Herausforderung.

Juno liebte Herausforderungen. Deshalb hatte sie nach dem Tod ihres Ehemannes auf diese Karriere gesetzt, jungen Ladys zu helfen, ihr natürliches Selbstbewusstsein und ihren Charme hervorzubringen. Der schneidige Bernard Langton hatte die naive junge Juno zu einer leidenschaftliche Liebesaffäre und Heirat verführt, was für ihre Eltern so schockierend gewesen war, dass sie sich von ihrer einzigen Tochter losgesagt hatten.

Nach weniger als einem Jahr starb Bernard und ließ sie ohne Familie oder finanzielle Mittel zurück. Sie nahm das Angebot an, Gesellschafterin einer älteren Dame zu werden. Als sie der Enkeltochter dieser Lady half, sich eine vorteilhafte Partie auf dem Heiratsmarkt zu sichern, war Junos Karriere als Begleiterin oder genauer gesagt als »Tutorin für den letzten Schliff« ins Leben gerufen.

»Soll ich Marina rufen, damit sie sich zu uns setzt?«, schlug Juno in der Hoffnung vor, dass ihr Schützling dazu fähig wäre die Aufgabe zu bewältigen, sich das Wohlwollen ihrer Mutter zu sichern. Das war leider kein geringes Unterfangen.

»Ich habe Dale gebeten, sie in einer Weile hereinzuschicken.« Lady Wetherby richtete den Blick zur Tür, die hinter Juno lag. »Hier ist sie.«

Juno drehte den Kopf um Marina vorsichtig in das Wohnzimmer kommen zu sehen. In ein schlichtes, blassblaues Kleid gekleidet, knetete Marina die Finger, während sie den Blick gesenkt hielt.

»Schau auf, Liebes«, meinte Lady Wetherby mit einer leichten Schärfe in ihrem Tonfall.

»Komm und setz dich zu uns, Marina.« Juno stand auf und ging zum Sofa hinüber, sodass Marina sich neben sie setzen konnte.

Kurz hob Marina den Blick, um Junos zu begegnen, ehe sie sich zum Sofa begab. Sobald sie Platz genommen hatte, begann sie, am Rock ihres Kleides zu zupfen.

»Hör damit auf.« Lady Wetherby blickte ihre Tochter stirnrunzelnd an.

In der Hoffnung, dass ihre Anwesenheit einen beruhigenden Einfluss ausüben würde, rückte Juno dichter an Marina heran. »Wir haben aufregende Neuigkeiten mitzuteilen.«

Marina lenkte den Blick auf sie, während die Finger

stillhielten. Sie straffte sich und setzte sich so, wie Juno es ihr beigebracht hatte – die Schultern zurückgenommen, das Rückgrat steif, das Kinn erhoben und ein kleines Lächeln auf dem Gesicht. Stolz erfüllte Juno, und auch Freude, als sie erkannte, dass Marina den Mut gefunden hatte, in Gegenwart ihrer Mutter zu tun, was sie tun musste.

Überraschung spiegelte sich auf Lady Wetherbys Zügen und vielleicht auch ein bisschen Anerkennung. »Wir werden nächsten Monat an einer Hausparty teilnehmen. Der Herzog von Warrington wird dort anwesend sein und er ist auf der Suche nach einer Ehefrau. Mein Liebling, du könntest dir einen Herzog schnappen, ohne eine Saison ertragen zu müssen.«

Juno verspürte einen Ausbruch von Zärtlichkeit bei der Wärme im Tonfall der Countess. Sie mochte vielleicht über ihre Tochter frustriet sein – und ganz sicher verstand sie sie nicht – aber sie wollte das Beste für sie, einschließlich der Chance, eine Saison zu vermeiden, von der sie wusste, dass Marina sie hassen würde.

Anstatt bei dieser Aussicht mit Erleichterung zu reagieren, sackte Marina in sich zusammen und ihr Gesicht wurde lang. »Muss ich das, Mutter?«

»Leider, ja.« Die Countess hatte sich versteift und ihr Gesichtsausdruck erstarrte in ihrer Enttäuschung. »Ich hoffe, du kannst die angemessene Begeisterung dafür aufbringen.«

Juno drehte sich zu ihrem Schützling um und berührte die junge Frau sanft am Arm. »Denk einfach, dass du eine Gelegenheit bekommen wirst, all das zu üben, woran wir gearbeitet haben. Eine Hausparty ist der perfekte Ort, um dein Selbstvertrauen zu gewinnen und deine Fähigkeiten zu verfeinern.«

»Ich habe kaum das eine noch das andere«, entgegnete

Marina leise und warf ihrer Mutter einen beunruhigten Blick zu. »Aber ich habe vermutlich keine Wahl.«

»Das ist richtig«, antwortete Lady Wetherby fest. »Wir werden in zwei Wochen aufbrechen.« Ihr Ausdruck wurde wieder sanfter. »Dem Herzog ist ebenfalls nicht am Heiratsmarkt gelegen. Vielleicht findet ihr beide ja eine Übereinstimmung. Ich denke, dies könnte genau die Verbindung sein, auf die du gewartet hast.«

»Ich habe auf keine Verbindung gewartet«, murmelte Marina. »Darf ich jetzt gehen?«

»Ja.« Die Countess wirkte eher entmutigt, als ihre Tochter aufstand und aus dem Zimmer schlurfte.

Juno spannte sich an, als sie sich auf dem Sofa zurechtsetzte, um ihre Arbeitgeberin anzuschauen. »Sie wird für die Hausparty bereit sein. Sie muss sich nur an den Gedanken gewöhnen. Wir haben reichlich Zeit für die Vorbereitungen.«

»Ich hoffe, Sie haben recht, wenn man bedenkt, was ich Ihnen bezahle. Wenn Sie es tatsächlich zuwege bringen, dass diese Verlobung zustande kommt, werde ich Ihren Lohn um zwanzig Prozent erhöhen.« Lady Wetherby stand auf. »Enttäuschen Sie uns nicht, Mrs. Langton.«

Die Countess rauschte aus dem Zimmer und Juno verengte nachdenklich die Augen. Zwei Wochen, um nicht nur dafür zu sorgen, dass Marina für die Hausparty bereit war, sondern sie sich einen Herzog schnappen würde. Das würde die bislang größte Herausforderung für Juno werden.

Sie konnte es kaum abwarten, anzufangen und erhob sich schwungvoll vom Sofa.

~

Alexander Brett, Herzog von Warrington, schritt Punkt viertel vor sechs in den Salon. Seine Mutter, die erhaben auf dem dunkelroten Sofa saß, kam an den meisten Abenden vom Witwensitz herbei, um mit ihm zu dinieren.

Sie beobachtete ihn, als er ein Glas ihres Lieblingsmadeiras und einen Brandy für sich selbst einschenkte. »Wie war dein Tag?«

Nachdem er ihr den Wein gereicht hatte, ließ er sich in dem Sessel neben ihrem Sofa nieder. Die gleichen Getränke, das gleiche Sitzarrangement, die gleiche Frage, um ihre Unterhaltung zu beginnen. Er mochte das Gleiche.

»Produktiv.«

»Wie immer«, murmelte sie. »Ich kann mir nicht vorstellen, dass sich etwas Aufregendes ereignet hat?«

»Die Post war umfangreicher als gewöhnlich.« Er nippte an seinem Brandy.

»Irgendetwas Interessantes?«

»Nicht für mich, aber du könntest die Einladung zu einer Hausparty wahrscheinlich erwähnenswert finden.«

Seine Mutter, die Anfang fünfzig war und die abgesehen von einigen grauen Strähnen an ihren Schläfen noch immer dunkles Haar besaß, setzte sich ein bisschen aufrechter. »Was für eine Hausparty? Wann?« Ihre dunklen, fast schwarzen Augen blitzten vor Enthusiasmus.

»Es ist unwichtig. Ich werde nicht hingehen.«

Sie schürzte die Lippen, ehe sie sie sogleich wieder entspannte. Er konnte sehen, dass sie ihre Worte wählte, als würde sie sie wie Soldaten für die kommende Schlacht in Stellung bringen. »Aber das solltest du. Mir ist bewusst, dass dir an gesellschaftlichen Ereignissen nichts liegt, doch dies ist allerdings eine kleine Zusammenkunft und es ist nicht wie all die Veranstaltungen während einer Saison.«

Dare, das war der Name, mit dem er bereits sein ganzes Leben angesprochen wurde, war eine Abkürzung des Ehrentitels – Marquess of Daresbury – den er innegehabt hatte, ehe sein Vater vor drei Jahren verstorben war, sah seine Mutter aus schmalen Augen an. »Du steckst hinter dieser Einladung.«

»Was bringt dich auf diesen Gedanken?« Sie versuchte, unschuldig zu klingen, doch ihr Blick schoss zur Seite und ihre Stimme hob sich. Als er nichts entgegnete, sah sie wieder zu ihm zurück und stieß dabei die Luft aus. »Also schön. Ja.«

»Habe ich das so zu verstehen, dass du Lady Cosford überzeugt hast, eine Hausparty zu geben, damit ich daran teilnehmen kann?«

»Natürlich nicht. Ich habe im Laufe der letzten Monate lediglich einige gut platzierte Kommentare gegenüber Freunden geäußert.«

»Was für eine Art von Kommentaren?«

»Dass du auf der Suche nach einer Ehefrau bist.« Sie blickte ihn erwartungsvoll an. »Nun, das *bist* du.« Dann runzelte sie die Stirn und trank irritiert einen Schluck ihres Madeiras.

»Und das hat irgendwie zu einer Einladung zu einer Hausparty geführt, an der teilzunehmen ich nicht das geringste Interesse habe.« Tief aus seiner Kehle brachte er ein Geräusch hervor, ehe er einen weiteren Schluck Brandy trank.

»Knurre nicht. Es ist so abstoßend.«

»Ich knurre nicht.«

Seine Mutter zog ihre dichten, dunklen Augenbrauen in die Höhe, und dann schüttelte sie den Kopf, denn sie entschied offenbar, dass dies ein Kampf war, den sie nicht ausfechten wollte. »Du solltest die Einladung annehmen. Du brauchst eine Frau und ich denke, es könnte weitaus verlockender sein, eine auf einer kleinen Hausparty in Warwickshire zu finden, als es auf dem Heiratsmarkt in London im kommenden Frühling zu versuchen.«

Dare erschauderte. Er konnte sich nichts vorstellen, was er weniger gern tun würde. Seine Mutter hatte leider recht. Er brauchte eine Frau. Außerdem hatte er darüber lamentiert, wie er angesichts der Tatsache eine finden könnte, dass er gesellschaftliche Situationen, wie seine Mutter es ausgedrückt hatte, verabscheute.

Was, wenn bei dieser Hausparty niemand wäre, der für ihn für eine Heirat in Frage käme? Er nahm seine Mutter ins Visier und zollte ihr die Beachtung, die sie verdient hatte. »Wie ist der Name der jungen Lady?«

Sie blickte ihn überrascht an, als ob er nicht erraten könnte, dass sie eine bestimmte Verbindung plante. Ein schwaches Rosa zeigte sich auf ihren Wangen, doch das Erröten war nur flüchtig. »Lady Marina Fellowes, die älteste Tochter des Earls of Wetherby. Ich bin sicher, dass du ihn kennst.«

Im House of Lords arbeiteten sie zusammen. Wetherby machte sich nichts aus nebensächlichem Geplänkel und kam immer gleich zum Kern der Sache. Dare hatte nicht einmal gewusst, dass er eine Tochter hatte. Oder überhaupt eine Familie. Vielleicht wäre seine Tochter nicht wie diese Plaudertaschen, die junge Ladys normalerweise waren.

»Wie ist sie denn?«, fragte er vorsichtig.

Die Vehemenz, mit der seine Mutter antwortete, ließ ihn beinahe bedauern, dass er auch nur das leiseste Interesse bekundet hatte. »Sehr hübsch und sehr geschickt in Handarbeiten.«

»Das sagt mir gar nichts. Ist sie ein Strohkopf oder nicht?«

»Das bezweifele ich.«

Das war keine vielversprechende Antwort. Vielleicht kannte seine Mutter sie nicht. »Hat sie je eine Saison gehabt?«

»Ja, nur die eine, die gerade vorbei ist.« Die Züge seiner Mutter hellten sich auf. »Dieser Teil wird dir gefallen. Sie ist frühzeitig aufs Land zurückgekehrt. Ich bin nicht sicher, ob London – oder der ganze gesellschaftliche Trubel – nach ihrem Geschmack ist.«

»Du hättest damit beginnen sollen.« Wenn Marina aus demselben Holz geschnitzt wäre wie ihr Vater – und warum sollte sie das nicht? –, könnte diese Hausparty tatsächlich ein gewisses Potential haben. »Ich werde die Party besuchen und Lady Marina kennenlernen.«

»Um herauszufinden, ob ihr miteinander harmoniert?«

Dare sah seine Mutter in ihrer offensichtlichen Freude an. »Ja.«

Sie lachte. »Immer gibst du dir solche Mühe, brüsk zu sein, selbst wenn dir eine Gelegenheit präsentiert wird, die dir beim Erreichen deiner Ziele helfen könnte, ohne genau das erdulden zu müssen, was du so unangenehm findest.«

Hassenswert wäre das bessere Wort. Nach einer Frau Ausschau zu halten, verursachte ihm einen Juckreiz.

Der Enthusiasmus seiner Mutter verblasste zum Teil. »Soll ich dich begleiten? Ich denke, ich sollte –«

»*Nein.*« Er ließ sie nicht ausreden. Wenn sie mitkäme, würde er durch ihre Bemühungen, ihn verlobt zu sehen, verrückt werden.

Sie starrte ihn an, aber nur für einen Augenblick. »So unwirsch«, murmelte sie. »Kannst du nicht wenigstens versuchen, ein bisschen charmant zu sein? Vielleicht ein bisschen lächeln?«

Lächeln war für unaufrichtige Leute. Wenn Dare lächelte, meinte er es auch. »Warum sollte ich vorgeben, jemand zu sein, der ich nicht bin? Meine zukünftige Frau sollte genau wissen, wen sie heiratet.«

Seine Mutter stieß die Luft aus. »Genau das ist es, was ich befürchte.« Sie hielt inne und sammelte ein weiteres Mal ihre Truppen, ehe sie in die Bresche sprang. »Wenn du nicht charmant sein kannst, wirst du … irgendetwas sein müssen. Du kannst nicht erwarten, Lady Marinas Hand zu gewinnen, wenn du sie nicht irgendwie beeindruckst.«

»Ich werde vermutlich mit ihr tanzen müssen.« Er verabscheute Tanzen.

»Ihr könntet einen Spaziergang unternehmen. Ich bin sicher, dass reichlich Aktivitäten angeboten werden. Vielleicht könnt ihr zusammen ausreiten?«

»Das wäre annehmbar.« Er würde eine Frau zu schätzen wissen, die gerne ritt. Er stellte sich vor, wie sie zusammen mit ihm über den Besitz ritt und mit den Pächtern sprach, um ihnen ihre Hilfe und Unterstützung anzubieten.

»Ich bin erleichtert, das zu hören.«

Er zuckte mit den Schultern. »Obwohl es wahrscheinlich schon reicht, ein Herzog zu sein, um die Hand des Mädchens – oder die irgendeiner anderen zu gewinnen.«

Seine Mutter starrte ihn an, um dann einen großen Schluck von ihrem Madeira zu nehmen, womit sie um ein Haar das ganze Glas ausgetrunken hätte. »Wenn du das glaubst, hast du eine Frau verdient, die dich nur wegen deines Titels will.«

Es schien, als würde der Sieg aus diesem Kampf heute Abend an seine Mutter gehen.

»Ich bin mehr als mein Titel«, entgegnete er leise und nicht ohne einen Anflug von Gereiztheit.

»Natürlich bist du das und ich hoffe, du wirst das erkennen. Ich hoffe auch für dich, dass du die Frau kennenlernst, die diese feste Hülle durchbrechen wird, die du so unbarmherzig verteidigst. Sie wird deinen Titel überhaupt nicht sehen und sie wird dich trotz deiner Bemühungen, sie auf Abstand zu halten, mögen.«

Dare blinzelte. »Das werde ich nicht tun.«

»Genau das wirst du tun, mein Liebling«, meinte sie mit einem liebevollen Blick, der sein verhärtetes Äußeres langsam zum Schmelzen brachte. Er hielt diese Mauer aufrecht und es gefiel ihm. Innerhalb seiner Festung waren die Dinge geordnet und vorhersehbar. Er verabscheute Unordnung und Emotionen und alles Überraschende. Die Frau für ihn müsste das verstehen und ihn in Ruhe lassen.

Vielleicht hatte seine Mutter recht – er würde seine Herzogin auf Abstand halten. War das so schlimm? »Du bist viel zu sentimental, Mutter.«

Der Butler trat ein und kündigte an, dass das Dinner serviert war. Dare trank seinen Brandy aus und Mutter tat das Gleiche mit ihrem Madeira. Nachdem sie ihre leeren Gläser auf einen Tisch gestellt hatten, damit der Butler sie abräumen konnte, half Dare der Witwe hoch und bot ihr seinen Arm.

Sie legte eine Hand auf seinen Ärmel und dann schritten sie wie jeden Abend in das Speisezimmer. Frieden legte sich über ihn. *Es war wie immer.*

»Ich liebe dich, mein Junge«, flüsterte sie ihm zu, ehe sie sich auf ihren Stuhl setzte.

Das war anders. Dare war überrascht, dass es ihm nichts ausmachte.

KAPITEL 2

Juno blinzelte gegen das helle Lichte der Oktobersonne an, als sie aus der Kutsche stieg und ihr Gesicht zum Himmel hob. Als sie den Kopf wendete, konnte sie die Fassade von Blickton, einem hellen Bau im palladianischen Stil, das im letzten Jahrhundert errichtet worden war, erkennen, der sie mit glänzenden Fenstern und einer breiten offenen Tür empfing.

Ein paar livrierte Diener eilten herbei, von denen sich einer um das Gepäck kümmerte und der andere sie zum Haus eskortierte, wo ein dritter Diener direkt in der Tür stand, um sie auf Blickton willkommen zu heißen. Während Juno und Lady Wetherby in die große Eingangshalle traten, richtete Marina den Blick auf den Boden. Offenbar fand sie den Marmorfußboden besonders apart.

Der Butler führte sie in den Salon, in dem sich alle versammelt hatten. Auf dem Weg dorthin, kamen sie an einer großen, einladenden Bibliothek vorbei und ihr Blick wurde hungrig, als sie begierig hineinsah.

»Du wirst deine Zeit nicht in der Bibliothek verbringen. Das verbiete ich«, sagte Lady Wetherby fest. »Wenn ich dich mit einem einzigen Buch erwische, werde ich alle einsammeln, die du zuhause hortest und sie an eine Schule schicken.«

Marina antwortete ihr mit einem finsteren Blick und Juno konnte sie innerlich fast vor Widerstand schreien hören. Nicht, dass Marina dies je laut gesagt hätte.

Als sie zum Salon weitergingen, fiel Juno mit Marina zurück und ging dabei dicht neben ihr. »Wir werden eine Möglichkeit finden, die Bibliothek zu erforschen. Überlass das nur mir«, versprach sie und schenkte ihrem Schützling ein aufmunterndes Lächeln.

»Danke«, murmelte Marina und ihr Blick kreuzte sich mit Junos während eines kurzem aber dankerfüllten Augenblicks.

»Unsere letzten Gäste sind eingetroffen!«, verkündete Lady Cosford, als sie den Salon betraten. »Willkommen, Lady Wetherby, Lady Marina und Mrs. Langton.«

Die Gastgeberin senkte die Stimme, um das Wort persönlich an sie zu richten. »Ich bin so erfreut, dass sie kommen konnten.« Sie drehte sich um und deutete auf einen dunkelhaarigen Mann mit warmen haselnussbraunen Augen. »Cosford, Liebling, komm her und begrüße Lady Wetherby und ihre Tochter. Und Lady Marinas Begleiterin.« Lady Cosford sah lächelnd zu Juno, die unvermittelt von dem untrüglichen Gefühl ergriffen wurde, eine verwandte Seele getroffen zu haben. Jemand mit einer positiven Einstellung und einem starken, entschlossenem Naturell. Juno hoffte, dass sie recht hatte.

Nachdem sie einige Höflichkeiten ausgetauscht hatten, setzte ihr Gastgeber seine Runde fort, während Lady Cosford blieb. Sie plauderte mit Lady Wetherby über ihre Reise und Juno nahm die Gelegenheit wahr, ihre Umgebung in Augenschein zu nehmen.

Als sie sich im Raum umsah, konnte sie sofort den

Herzog von Warrington ausmachen. Sie war sich zumindest ziemlich sicher, dass er es war. Als sie von seiner Teilnahme erfahren hatte, oder noch wichtiger vom Wunsch ihrer Arbeitgeber, dass ihre Tochter seine Herzogin werden sollte, hatte Juno alles getan, was sie konnte, um sich in Erinnerung zu rufen, wie er aussah, und alles über ihn in Erfahrung zu bringen.

Er war kein besonders großer Mann, doch er war muskulös und durchtrainiert, und er hatte ein sehr attraktives Gesicht. Das wäre es zumindest, wenn er nicht so finster dreinschauen würde. Er besaß ein Paar der imposantesten Brauen, die Juno je gesehen hatte. Dicht und dunkel beherrschten sie seinen Ausdruck, und als er den Blick über die Versammlung schweifen ließ, zogen sie sich tief über die Augen, um in der Mitte beinahe zusammenzustoßen. Seine Augen waren ebenfalls dunkel, wie auch sein dichter Haarschopf. Alles an ihm strahlte eine Dunkelheit und Nüchternheit aus, die Juno sofort wachsam werden ließ. *Dies* war der Mann, den ihr Schützling heiraten sollte?

»Kommen Sie, ich mache Sie mit dem Herzog bekannt«, meinte Lady Cosford.

Entweder hatte sie Junos Interesse an ihm bemerkt oder sie wusste von Lady Wetherbys Hoffnung auf eine Verbindung. Juno würde herausfinden, was davon zuträfe.

»Danke«, antwortete Lady Wetherby und sie machten sich zu der Ecke auf, wo über dem Haupt des Herzogs eine Regenwolke geparkt zu sein schien.

Auf ihrem Weg flüsterte Juno in Marinas Ohr: »Stelle Augenkontakt mit dem Herzog her und lächle. Ich weiß, es ist schwierig, weil du ihn nicht kennst, aber denke einfach daran, dass er gesellschaftliche Veranstaltungen auch nicht mag.« Sie konzentrierte ihre Betonung sehr auf Letzteres, um Marinas Angst zu zerstreuen.

Lady Cosford blieb stehen und lächelte in die Finsternis, die der Herzog von Warrington darstellte. »Herzog, erlauben Sie mir, Ihnen Lady Wetherby und ihre Tochter, Lady Marina vorzustellen.« Sie drehte sich zu Juno. »Und dies ist Lady Marinas Begleiterin, Mrs. Langton.«

Der Herzog würdigte Juno kaum eines Blickes, was für sie in Ordnung war, und das insbesondere deshalb, weil seine gesamte Aufmerksamkeit auf Marina lag. Doch seine Züge wurden nicht das geringste bisschen weicher.

Marina sank in einen bezaubernden Knicks und hatte den Blick wie immer zu Boden gerichtet. »Ich bin erfreut, Eure Bekanntschaft zu machen, Herzog.«

Der Herzog erwiderte nichts darauf. Er warf Lady Wetherby einen Blick zu, die ebenfalls knickste. Dann wiederholte er das Gleiche bei Juno. Sie sank in einen tadellosen Knicks und schenkte ihm ihr entwaffnendstes Lächeln. »Wie wundervoll, Sie kennenzulernen, Eure Gnaden. Wir haben uns so darauf gefreut, nicht wahr Marina?« Sie rückte etwas näher an ihren Schützling heran, in der Hoffnung, dass ihre Anwesenheit der jungen Frau etwas von der dringend benötigten Courage schenken würde.

»Ja.« Marina hob den Blick, aber nicht ganz bis zu seinem Gesicht.

Lady Wetherby runzelte die Stirn ein wenig über ihre Tochter und Juno konnte im Geiste schon hören, wie die Frau sie später kritisieren würde. Dann lehnte Juno sich näher zu Marina und flüsterte weitere Ratschläge. »Erwähne das Wetter oder unsere Reise. Vielleicht kannst du ihn nach seiner Reise fragen?«

Marina verschränkte die Finger und blickte dem Herzog auf den Hals. »Es ist ein sehr schöner Tag.«

Er starrte sie an und die Furchen in seiner Stirn, von

der Juno annahm, dass sie immer vorhanden waren, vertieften sich noch. »Das nehme ich an.«

Wie um alles in der Welt sollte aus diesen beiden ein Paar werden? Juno verspürte eine ungewöhnliche Empfindung – ein dicker Knoten der Nervosität bildete sich in ihrem Hals.

»Es ist ein herrlicher Oktober«, meldete sich Lady Cosford zu Wort, als ob die Unterhaltung zwischen dem Herzog und Marina nicht die unbeholfenste wäre, die je stattgefunden hatte. »Ich freue mich so, da ich für morgen ein Picknick geplant habe. Gleich unten beim See. Es wird herrlich werden!«

Juno war der Frau für ihren Enthusiasmus und dem eindeutigen Verständnis für die Situation dankbar – diese beiden Menschen brauchten Hilfe. »O ja, das wird überaus vergnüglich werden«, stimmte sie zu.

»Was haben Sie noch geplant?«

»Ich bin sicher, dass wir das später herausfinden werden«, fiel der Herzog ihr ins Wort und blickte Juno mit wilder Verärgerung an.

Sie biss sich auf die Zunge und verdoppelte ihre Anstrengungen, den Mann zu gewinnen – nicht für sich, sondern für Marina. »Bestimmt. Und ich freue mich darauf.«

»Entschuldigen Sie mich.« Der Herzog trat einen Schritt beiseite und ging dann um sie herum, wobei er darauf achtete, Juno nicht zu nahe zu kommen. Er schlenderte zu einer Stelle, an der Getränke von einem Diener ausgeschenkt wurden.

»Er ist sehr mürrisch«, bemerkte Marina, womit sie Juno überraschte.

»Das ist ein bisschen absurd, wenn es von dir kommt«, antwortete Lady Wetherby Gott sei Dank mit Humor und nicht bissig.

»Darf ich ein Getränk haben, Mutter?«, fragte Marina und sah zu einem anderen Diener mit seinem Tablett.

»Ich könnte etwas Wein vertragen, oder was immer verfügbar ist.« Lady Wetherby hakte sich bei ihrer Tochter unter und sie gingen davon, womit sie Juno mit ihrer Gastgeberin allein ließen.

Juno entschied, nicht um den heißen Brei herumzureden. »Ich nehme an, Sie wissen über Lady Wetherbys Plan Bescheid, ihre Tochter mit dem Herzog zu verloben?«

»Ja, ich hatte eine Vermutung und dachte, ich würde tun, was immer ich könnte, damit die Verbindung zustande kommt.«

Lady Cosfords sherryfarbenen Augen wanderten erst zum Herzog und dann zu Marina. »Sie passen gut zusammen, meinen Sie nicht?«

»Ich, ähm, vielleicht.« Juno hätte einfach zustimmen sollen, doch sie konnte ihren süßen Schützling nicht mit jemandem wie dem Herzog sehen. Nicht, dass andere Marina als »süß« betrachteten. Sie wirkte auf andere hochnäsig, abgelenkt und sogar mürrisch. Juno hatte das auch gedacht, als sie ihr zum ersten Mal begegnet war, doch nach einigen Tagen hatte sie die wahre Marina kennengelernt. Sie war neugierig und intellektuell. Sie mochte es einfach nicht, unter Leuten zu sein.

Juno sollte nicht zu harsch über den Herzog urteilen. Vielleicht war er genauso und mit der Zeit würden alle sehen, dass die beiden tatsächlich ausgezeichnet zusammenpassten. Gott sei Dank hatten sie beinahe eine Woche Zeit, um diese Entscheidung zu treffen.

»Ich würde vorschlagen, wir vereinen unsere Kräfte«, sagte Lady Cosford leise, wobei sie ihren Kopf zu Juno senkte. »Der Herzog ist gekommen, um eine Frau zu finden und Lady Marina ist die einzige unverheiratete junge Lady.«

»Lady Cosford, haben Sie die Gästeliste so zusammengestellt, dass Seine Gnaden und Lady Marina die Einzigen sind, die eine Verbindung eingehen können?« Wieder erkannte Juno ihre potenzielle Übereinstimmung mit Lady Cosford, die sich nicht nur auf eine Freundschaft, sondern auch als Komplizinnen erstreckte.

Lady Cosford stieß ein leises Lachen aus. »Das könnte ich getan haben.« Sie zwinkerte Juno zu und es zeigten sich feine Linien um ihre Augen. Juno schätzte das Alter der Frau anhand des Alters ihrer Kinder auf Mitte bis Ende Dreißig, obwohl sie jünger wirkte. Das lag wahrscheinlich an ihrer lebhaften Art.

»Nun, wenn der Herzog hier ist, um eine Frau zu finden, sollte er vielleicht sein Benehmen verbessern«, meinte Juno trocken.

»Ich verstehe, dass dies Ihr Fachgebiet ist.« Lady Cosford sah zum Herzog hinüber, der noch immer alles und jeden finster ansah. »Vielleicht können Sie die … wärmere Seite des Herzogs hervorlocken.«

»Wenn er eine hat. Er ist furchtbar verstockt.« Junos Verstand begann zu arbeiten. Plötzlich fühlte sie sich ermuntert, die sanftere Natur des Herzogs zu entdecken. Und wenn er keine besaß, dann wäre es besser, wenn sie dies jetzt herausfand, um Marina vor einem Fehler zu bewahren. »Ich habe eine Idee, die sein Engagement fördern wird.« Dann lehnte sie sich ganz nah zu Lady Cosford und erläuterte ihren Plan.

»Wundervoll. Lassen Sie uns sofort anfangen.« Sie wollte sich umdrehen, doch dann hielt sie inne. »Ich glaube, Sie müssen mich Cecilia nennen. Ich glaube, wir werden gute Freundinnen werden.«

Davon konnte Juno nie zu viele haben. »Dann müssen Sie mich Juno nennen. Ich freue mich auf unser Bündnis.« Sie wackelte mit den Augenbrauen, ehe sie einen ernsteren

Ton anschlug. »Ich muss mich an die Seite des verstockten Herzogs manövrieren.«

»Oh, dieser Name würde gut zu ihm passen«, meinte Cecilia mit einem verschmitzten Lächeln. »Folgen Sie mir.«

Hoffentlich würde Marina ihren Teil beitragen, wenn sie an der Reihe war, denn Juno war nicht sicher, dass sie beiden Menschen zur Seite stehen konnte, die ihrer Anleitung bedurften. Meine Güte, das würde eine geschäftige und wahrscheinlich auch anstrengende Hausparty werden. Sie freute sich schon auf den extra Lohn, den sie für das Zustandebringen dieser Verbindung erhalten würde. Sie würde sich eine schöne lange Pause bis zu ihrem nächsten Auftrag gönnen können, was bedeutete, dass sie ihre Ferien in Bath genießen konnte und möglicherweise einen netten Herrn finden würde, der sie den Winter über warmhielte. Ja, das wäre es wert.

Aber zuerst musste sie das Unmögliche zuwege bringen.

~

D are wollte aus der Haut fahren. So geräumig dieser Salon auch sein mochte, waren viel zu viele Menschen darin zusammengepfercht. Die weitläufige Parklandschaft, die von den großen Fenstern aus zu sehen war, lockte ihn ins Freie, wo er den Gesprächen ausweichen könnte. Und dann war da noch diese überaus aufdringliche Begleiterin, deren überzogener Charme ihn dazu brachte, die Hausparty am liebsten ganz zu verlassen.

Aber nein. Er war weit gereist, um hier eine Frau zu finden. Wenigstens war seine potenzielle Braut nicht aufdringlich. Sie war ruhig und schien sich genauso unwohl zu fühlen wie er. Das könnte die perfekte Partie sein.

Er nippte an seinem Sherry und überlegte gerade, dass es an der Zeit sei, sich aus der Runde zu verabschieden, als Lady Cosford mit ihrem Mann in die Mitte des Raumes trat. Cosford klopfte an sein Glas, um die Aufmerksamkeit aller Anwesenden zu gewinnen.

Ein lieblicher Blumenduft mit einem Hauch von Orange umwehte ihn. Als er den Kopf drehte, stellte er fest, dass diese aufdringliche Begleiterin sich an seine Seite gestellt hatte. Sie lächelte ihn an und entblößte dabei gleichmäßige, weiße Zähne. Ihre Augen, die grün wie Salbei waren, funkelten dabei, als wäre sein Anblick das Schönste, was ihr den ganzen Tag über widerfahren war. Blickte sie jeden so an? Das war mehr als entwaffnend. Es war zutiefst beunruhigend.

»Herzlich willkommen«, begrüßte Lord Cosford seine Gäste, ehe er den Blick zu seiner Frau lenkte, die neben ihm stand. »Lady Cosford hat eine bezaubernde Aktivität für uns als Auftakt für die Festlichkeiten geplant.«

Lady Cosford schenkte ihrem Mann ein strahlendes Lächeln. Als Dare sie so zusammen sah, wollte er am liebsten die Augen verdrehen. Er warf einen Blick zu seiner Begleiterin – wie hieß sie noch? – und stellte fest, dass sie ihn interessiert beobachtete. Er wünschte sich, sie würde woanders hingehen.

»Danke«, meinte Lady Cosford zu ihrem Mann, ehe sie sich an die im Raum versammelte Gesellschaft wandte. »Ich dachte, es wäre amüsant, damit zu beginnen, uns einander vorzustellen. Wir machen die Runde durch den Raum und stellen uns einander mit Namen vor, und dann erzählen wir etwas Interessantes. Ich würde zum Beispiel sagen, ich sei Lady Cosford und esse gerne Zitronen-

Rosmarin-Eis. Lassen Sie uns einen Kreis bilden – geschwind bitte, wenn es geht.«

Zusammen mit ihrem Mann eilte sie zur Tür und versperrte so den Fluchtweg, es sei denn, Dare wollte sich durch eines der Fenster stürzen. Die Idee war erstaunlich reizvoll. Er wollte weder im Kreis stehen, noch wollte er irgendetwas mitteilen.

»Gehen wir einfach hier hinüber«, schlug die Begleiterin fröhlich vor und dirigierte ihn tatsächlich in den höllischen Kreis, ohne ihn auch nur zu berühren. Wie hatte sie das bloß fertiggebracht?

»Wunderbar«, urteilte Lady Cosford erneut mit einem blitzenden Lächeln. »Ich habe Ihnen bereits vorgemacht, wie wir vorgehen werden, aber ich werde Ihnen noch einen weiteren Leckerbissen über mich erzählen, um Ihre Begeisterung zu wecken.« Sie lachte, und Dare wünschte sich irgendwo anders zu sein – und wenn es in einem Londoner Ballsaal wäre. »Ich gehe gern im Regen spazieren. Kein Wolkenbruch, wohlgemerkt, aber ein feiner Nieselregen ist besonders im Herbst sehr schön.« Sie sah zu ihrem Mann hinüber, und sie schienen eine ... Verbundenheit zu teilen. Es war ein sprachloser Moment, währenddessen sich etwas zwischen ihnen ereignete. Schockierenderweise wollte Dare dieses Mal nicht mit den Augen rollen. Er spürte einen leichten, aber deutlich merklichen Neid.

Diesen schüttelte er ab und wandte seine Gedanken anderen Dingen zu, nämlich den Renovierungsarbeiten seines Londoner Hauses. Im Anschluss an diese Veranstaltung würde er dorthin reisen, um sich ein Bild über die Fortschritte zu machen. Seine Ablenkung war so erfolgreich, dass er nicht bemerkte, dass er an der Reihe war.

Die Frau neben ihm – die Begleiterin seiner potenziellen Verlobten – stieß ihn sanft mit dem Ellbogen an. »Sie sind an der Reihe«, flüsterte sie.

Ihre Berührung ließ ihn aufschrecken. Niemand berührte ihn. Nie. Außer wenn seine Mutter gelegentlich darauf bestand, ihn zu umarmen. Und seine Liebhaberinnen, wann immer er sich eine nahm.

»Sie knurren«, murmelte sie und veranlasste ihn damit, sie anzuschauen.

Tat er das? Stirnrunzelnd blickte er auf die erwartungsvolle Runde und fragte sich, was zum Teufel er dort zu suchen hatte. »Sie alle wissen, wer ich bin.« Er hatte keinen Gedanken daran verschwendet, was er möglicherweise sagen könnte, und er hatte auch den anderen nicht zugehört. Also sagte er das Erste, was ihm in den Sinn kam. »Ich hasse Hauspartys.«

Die Reaktionen waren tatsächlich ziemlich unterhaltsam. Zwei Ladys schlugen die Hand vor den Mund und mehrere Gentlemen grinsten, während mindestens einer zustimmend nickte.

Die Frau an seiner Seite sog die Luft ein. Jetzt war sie an der Reihe.

»Ich bin Mrs. Langton.« Sie sprach mit einer Wärme und einem Charme, die sogar Dare dazu brachten, sich zu ihr umdrehen zu wollen. Also tat er es. »Ich spiele gern Schach, aber ich bin schrecklich darin.« Sie warf einen provozierenden Blick zu Dare und fügte hinzu: »Und ich liebe Hauspartys. Sie sind eine wundervolle Gelegenheit, neue Menschen kennenzulernen und eine herrliche Zeit zu verbringen.«

Dare konnte an nichts anderes denken, als dass er ebenfalls gern Schach spielte. Er war allerdings ein erfahrener Spieler, also konnte er Mrs. Langton – er fragte sich, wie sie mit Vornamen hieß – nicht zu einer Partie herausfordern.

Moment, er wollte Schach mit ihr spielen und ihren Vornamen erfahren?

Nur weil sie anfing, ihn zu interessieren. Er war eine unleidliche Person und sie wirkte nicht im Geringsten von ihm abgeschreckt. Entweder war sie gut darin, ihre Emotionen zu verbergen, oder sie war der netteste Mensch Englands. Vielleicht war sie beides. Was immer sie war, fand er sie faszinierend und *das* war irritierend.

Die Person neben ihr fuhr fort und Dare zwang sich, den Blick von Mrs. Langton abzuwenden. Sie war atemberaubend attraktiv, erkannte er. Von zierlicher Gestalt, trug sie eine bemerkenswert komplizierte Frisur und war nach der allerneueste Mode gekleidet. Das wusste er nur, weil seine Mutter es genoss, sich über dieses Thema auszulassen und ihm ihre Lieblingsmode zu zeigen, wenn er sie auf ihrem Witwensitz besuchte. Aufgrund dessen konnte er erkennen, dass Mrs. Langton für eine junge Begleiterin erstaunlich gut gekleidet war. Vielleicht steckte mehr in ihr, als man auf den ersten Blick sah.

Nach dem Schalk in ihrem fröhlichen Gesichtsausdruck urteilend, konnte er das leicht glauben.

Den Rest der endlosen Vorstellung verbrachte er damit, sich über die Frau neben ihm Gedanken zu machen. Wie war sie zu Lady Marinas Begleiterin geworden? Stammte sie aus einer wohlhabenden Familie? Das würde ihre Kleidung erklären. War sie wirklich eine »Missus«, also eine Witwe, oder hatte sie den Titel im Rahmen ihrer Anstellung angenommen?

Als Lord Cosford, der dankenswerterweise der Letzte in der Runde war, das Wort ergriff, war Dare auf sich selbst ärgerlich, weil er so viel Zeit in Gedanken an Mrs. Langton vergeudet hatte. Er würde mit ihr verkehren, da sie zu der Frau gehörte, die er als seine zukünftige Ehefrau in Betracht zog. Apropos ... er hatte völlig überhört, was sie gesagt hatte.

»Das war sehr informativ«, bedankte Lady Cosford sich. »Nun, wir werden eine Pause einlegen, ehe das Dinner um halb sieben serviert wird. Nach dem Essen stehen für heute Abend Tanz und Spiele an. Morgen veranstalten wir ein Picknick am See. Das wird ein Riesenspaß!« Sie war fast so überschwänglich wie Mrs. Langton.

Erneut warf Dare der letzteren Frau einen Blick zu, um zu sehen, dass sie ihn erneut musterte. So wie ihre Berührung ihn verwirrt hatte, fühlte er sich jetzt unter ihrem Blick aus dem Gleichgewicht gebracht.

»Ich spiele Schach«, platzte er heraus.

»Tatsächlich? Vielleicht können Sie mir helfen, mein Spiel zu verbessern.«

Er würde behaupten, dass sie flirtete, aber die Begleiterin einer jungen Dame würde so etwas nicht tun. Das bedeutete, dass es ihr mit ihrem Wunsch ernst sein musste, ihr Schachspiel zu verbessern. Oder etwa nicht?

Nun, er hatte für diese Art von Unsinn ganz und gar nichts übrig. Es war an der Zeit, einen raschen Rückzug anzutreten und alles in seiner Macht Stehende zu tun, um Mrs. Langton für die Dauer der Hausparty aus dem Weg zu gehen. Er war nicht besonders optimistisch hinsichtlich seines Erfolges, da sie an Lady Marinas Seite kleben würde. Obwohl das im Augenblick nicht so war.

»Ich hoffe, wir sehen Sie hier vor dem Dinner. Darf ich vorschlagen, dass Sie Lady Marina in den Speisesaal eskortieren?«

Was für eine impertinente Frau. Allerdings nahm er an, dass es ihre Aufgabe war, ihm ihren Schützling aufzudrängen. Er konnte sich nicht entscheiden, ob eine Begleiterin schlimmer war oder eine bevormundende Mutter. Da

Lady Marina beides hatte, konnte er sich nicht gerade glücklich schätzen.

»Es wäre mir eine Ehre«, entgegnete er, und alles in ihm schrie danach, zur rettenden Tür zu laufen, von der sich Lord und Lady Cosford glücklicherweise entfernt hatten. Andere gingen hinaus, was bedeutete, dass er ebenfalls gehen konnte.

Ohne weiteren Kommentar entfernte er sich von ihr und verließ den Salon, wobei er tief einatmete, als wäre die Luft irgendwie klarer und seine Lungen weniger zusammengepresst, wo er jetzt von allen anderen Abstand hatte. Mehrere Diener standen bereit, um die Gäste zu ihren Zimmern zu führen, denn alle waren bei ihrer Ankunft direkt in den Salon geleitet worden.

Dare suchte eifrig nach jemandem, der ihn auf sein Zimmer führte, das aus einer weitläufigen Suite in der nordwestlichen Ecke des ersten Stocks mit Blick auf den Park und einen Teil der Einfahrt bestand. Die Aussicht war angenehm, und außer ihm und dem Diener, der sich gerade entfernte, war niemand zu sehen.

Seine Einsamkeit war allerdings nur von kurzer Dauer, da sein Kammerdiener Chadwick aus dem angrenzenden Ankleidezimmer kam. »Möchtet Ihr Euch vor dem Abendessen ausruhen, oder werdet Ihr einen Spaziergang über das Anwesen unternehmen?«

Dare warf seinem Kammerdiener, der ihn schon seit zehn Jahren begleitete, einen dankbaren Blick zu. »Auf jeden Fall einen Spaziergang. Ich war heute zu lange in der Kutsche und dann noch mit einem Übermaß an Menschen eingepfercht.«

»Ich habe Eure Kleidung bereits im Ankleideraum zurechtgelegt.« Chadwick neigte seinen kahl werdenden, blonden Kopf.

»Sie sind sehr tüchtig«, sagte Dare.

»Ich bemühe mich, Euer Gnaden.« Er machte auf dem Absatz kehrt und ging zurück in den Ankleideraum.

Dare folgte ihm, denn er konnte es kaum erwarten, ins Freie zu kommen. Er konnte kaum erwarten, sich von all dem Unfug des heutigen Tages freizumachen und sich auf das vorzubereiten, was noch folgen mochte.

KAPITEL 3

»Sie sind ein schönes Paar«, bemerkte Cecilia, als Juno und sie gemeinsam zusahen, wie Marina mit dem Herzog tanzte. »Ihre Haarfarbe und ihre Persönlichkeiten harmonieren perfekt.«

Juno war noch immer nicht davon überzeugt, dass ihre Persönlichkeiten harmonierten. Zugegebenermaßen waren sie beide ein wenig still, aber Marina besaß nicht die ... Strenge des Herzogs. Oder seine Widerspenstigkeit. Niemals würde sie laut erklären, dass sie etwas hasste, insbesondere nicht vor zwei Dutzend anderen Menschen. Und es käme ihr auf keinem Fall in den Sinn, ihre Gastgeberin zu beleidigen.

»Hat es Sie gestört, als Seine Gnaden sagte, er verabscheue Hauspartys?«, fragte Juno.

Cecilia winkte mit der Hand und lachte. »Um Gottes willen, nein. Sein Ruf als unleidlicher Gentleman ist weithin bekannt. Ehrlich gesagt, finde ich seine Offenheit in unseren Kreisen recht erfrischend.«

So konnte man ihn auch sehen. Juno musste zustimmen, dass Marina und er zumindest optisch ein schönes

Paar abgaben. Vielleicht lag es an ihren ernsten, konzentrierten Mienen. Sie könnten eigentlich auch Buchstützen sein, befand sie.

»Ich weiß Ihre ausgeklügelte Sitzordnung beim Abendessen zu schätzen.« Juno war froh, dass Marina und sie den Herzog flankiert hatten. Das hatte Juno ermöglicht, ihren Schützling zu unterstützen und anzuleiten – was sie in einem kaum hörbaren Flüsterton getan hatte –, während Marina und der Herzog einander kennenlernen konnten. Sie waren jedoch, wie Cecilia bemerkt hatte, beide stille Persönlichkeiten. Juno fürchtete, dass sie nicht genügend Konversation betreiben würden, um zu entscheiden, ob sie zusammenpassten. Das wäre aber wahrscheinlich gar nicht notwendig. Es war möglich, dass der Herzog bereits entschieden hatte, ob er einen Antrag machen wollte.

Juno hoffte, dass das nicht der Fall wäre. Es wäre ihr lieber, wenn sie sich ein wenig Zeit nähmen, wenigstens ein paar Tage, um einander kennenzulernen und sich ihrer Verbindung sicher zu sein. Lady Wetherby machte sich darüber keine Gedanken – sie war einzig an einem Heiratsantrag interessiert. Gott sei Dank hatte sie während des Dinners weit entfernt von ihnen gesessen, was Marina entspannt hatte. Sie hatte den Herzog sogar angelächelt. Einmal.

»Ich bin mehr als froh, helfen zu können.« Cecilia drehte sich zu ihr und senkte die Stimme. »Tatsächlich habe ich geplant für sie und den Verstockten« – ihre Lippen zuckten und Juno hätte beinahe gelacht – »eine Picknick Decke zu teilen – zusammen mit Ihnen und Lady Wetherby, natürlich. Mr. und Mrs. Teasmore werden sich zu Ihrer Gruppe gesellen. Die Decken sind groß genug für sechs, mit einem Diener, der jeweils für eine eingeteilt ist.«

»Das klingt wundervoll. Ich werde dafür sorgen, dass

der Verstockte und Marina zusammen zum Picknickplatz gehen.«

Cecilia nickte ihr begeistert zu. »Und ich werde mein Bestes geben, um Hilfestellung zu leisten.«

Ein Aufkeuchen erklang gefolgt von einem Stimmengewirr von der Stelle, an der die Möbel zum Tanzen beiseitegeräumt worden waren. Die Musik, die von Cecilias fünfzehnjährigen Tochter am Pianoforte gespielt wurde, verstummte.

Juno und Cecilia lenkten ihre Aufmerksamkeit dem Tumult zu. Ein Haufen gelber Seide bauschte sich um Marina, die auf dem Boden saß. Lady Wetherby eilte bereits auf sie zu, während der Herzog Marina beim Aufstehen behilflich war.

»Haben Sie gesehen, was passiert ist?«, fragte Cecilia.

»Das habe ich nicht.« Juno war zu sehr auf ihre Unterhaltung konzentriert gewesen.

»Oh, schauen Sie«, hauchte Cecilia, die den Herzog anschaute, der Marina behutsam half, das Gleichgewicht wiederzufinden. Dann bot er ihr seinen Arm und führte sie zu einem Stuhl. Er neigte den Kopf und sprach zu ihr, ehe er sich zu einem Tisch mit Erfrischungen begab.

»Entzückend«, murmelte Juno. Vielleicht würde ja doch noch etwas aus dieser Verbindung.

Der Herzog kehrte mit einem Glas Ratafia zurück, das er Marina reichte. Sie nahm das Getränk an und dann schoss sie einen Blick zu Juno. Ihre Augen waren größer als normal und sie hatte die Stirn gerunzelt. Diesen Ausdruck hatte Juno früher schon gesehen. Marina brauchte Hilfe.

»Entschuldigen Sie mich«, meinte Juno zu Cecilia, ehe sie sich zu ihrem Schützling aufmachte.

Lady Wetherby setzte sich auf einen Stuhl neben Marinas. Der Herzog stand in der Nähe. Cecilias Tochter setzte ihr Spiel fort und der Tanz ging – natürlich ohne Marina und den Herzog – weiter.

»Was um alles in der Welt ist passiert?«, fragte Lady Wetherby an Marina gewandt.

»Es war mein Fehler«, antwortete der Herzog brummig.

Marina hob kurz den Blick zu ihm und in dem Moment wusste Juno, dass der Herzog log, um Marina zu schützen. Vielleicht war er gar nicht so unleidlich.

»Ich bin sicher, dass dem nicht so war«, meinte Lady Wetherby mit einem Lächeln. Dann wandte sie ihre Aufmerksamkeit ihrer Tochter zu. »Alles in Ordnung, Marina? Bist du bereit, dich wieder in den Tanz einzureihen?«

»Ich habe mir den Knöchel verletzt, Mutter«, entgegnete Marina ruhig. Wieder warf sie Juno einen flehenden Blick zu.

Der Herzog verneigte sich vor Marina. »Ich werde Sie ihrer Erholung überlassen.«

Juno bemerkte, wie Lady Wetherby leicht die Stirn runzelte, als sie ihm nachsah. »Was für ein bezaubernder Abend das gewesen ist«, meinte sie heiter. Obwohl sein Ende vielleicht nicht ganz dem Wunsch der Countess entsprochen hatte, so war das Dinner doch ein Erfolg gewesen, wie auch die Besorgnis des Herzogs nach dem Missgeschick beim Tanzen. Juno neigte den Kopf und bemerkte. »Es scheint, als hätte ein großer Fortschritt stattgefunden, Mylady«

Lady Wetherby schürzte die Lippen. »Wir werden sehen.«

»Ich würde mich gern zurückziehen«, bemerkte Marina, die langsam aufgestanden war.

Juno half ihr, denn Marina wirkte ein wenig unsicher auf den Beinen. »Ich bringe dich nach oben.«

»Ich werde hierbleiben.« Lady Wetherby blickte zu Marina auf. »Ich hoffe, deinem Knöchel geht es bis morgen früh wieder besser.«

»Ich bin sicher, dass dem so sein wird.« Marina ergriff Junos dargebotenen Arm und zusammen strebten sie auf die Tür zu.

Juno warf Cecilia einen beredten Blick zu, um ihr stillschweigend zu signalisieren, dass alles in Ordnung war. Cecilia antwortete mit einem leichten Nicken. Morgen beim Picknick würden sie alles daransetzen, um die aufkeimende Verbindung zwischen Marina und dem Herzog zu fördern.

Als sie den Salon verließen, schritt Marina nur langsam voran, und Juno machte sich aufrichtig Sorgen um ihren Knöchel. »Bist du schwer verletzt?«

Marina richtete sich auf und nahm ihre Hand von Junos Arm. »Nein. Ich wollte nur gehen.« Sie warf Juno einen verlegenen Blick zu.

»Ich verstehe, dass du diese Art von Zusammenkünften schwierig findest, und nach deiner Hochzeit kannst du ihnen wahrscheinlich ganz den Rücken kehren. Wenn du den Herzog heiratest, werdet ihr das wohl beide vorziehen.«

»Es ist nicht nur das«, entgegnete Marina. »Ich habe die Tanzschritte vollkommen vergessen und bin mit dem Herzog zusammengestoßen. Es war überhaupt nicht seine Schuld.« Ihre Wangen färbten sich rot, und Juno klopfte ihr auf die Schulter.

»Das muss dir nicht peinlich sein. So etwas passiert jedem irgendwann einmal.«

»Ich kann mir nicht vorstellen, dass dir das jemals passiert ist.« Marina erlaubte sich eines ihrer seltenen Lächeln. »Du bist so perfekt.«

Juno lachte. »Kaum. Ich habe Mr. Langton bei einem Ball kennengelernt und ihn mit Punsch überschüttet.«

Marina kicherte tatsächlich. »Das musst du dir ausgedacht haben.«

»Nein, ich schwöre es.« Juno bemerkte, dass sie sich in der Nähe der Bibliothek befanden. »Komm, wir holen dir ein Buch oder mehrere, deine Mutter ist ja nicht hier.« Sie lenkte den Blick zurück zum Salon, doch sie wusste, dass die Countess so lange bleiben würde, wie Wein ausgeschenkt wurde. Dann würde sie sich in ihr Schlafzimmer zurückziehen, das direkt neben dem lag, welches Juno mit Marina teilte. Nie würde sie erfahren, dass ihre Tochter in der Bibliothek gewesen war.

Glücklicherweise war der Raum menschenleer. Er war jedoch gut beleuchtet, und ein fröhliches Feuer brannte in dem großen Kamin. Juno stöberte in den Regalen, während Marina einzelne Bücher herauszog und darin blätterte. Sie stapelte ein Buch auf einen Tisch und dann ein weiteres, um dann den Raum zu durchqueren und ihre Suche fortzusetzen. Ein weiteres Buch landete auf einem der anderen Tische.

Juno freute sich über Marinas Enthusiasmus und wünschte, er würde über Bücher hinausgehen. Leider wäre Marina sehr zufrieden damit, sich in einem Raum wie diesem einzuschließen und vielleicht monatelang, oder sogar jahrelang, nicht mehr herauszukommen. Es war schade, dass hohe Erwartungen in sie gesetzt wurden, doch das lag an der Position, in die sie hineingeboren worden war. Juno verstand ein wenig, wie sich das anfühlte. Als Enkelin eines Barons hatte man von ihr erwartet, dass sie einen Gentleman vom Lande heiratete anstatt eines schneidigen Gelehrten, der gerade eine Stelle als Schuldirektor angetreten hatte.

Ihre Eltern hatten sich geweigert, ihren Segen zu dieser

Heirat zu geben, und Juno hatte sie seitdem – seit fast acht Jahren – nicht mehr gesehen. Sie dachte gern, dass sie stolz auf das Leben wären, das sie sich aufgebaut hatte. Juno war das ganz bestimmt. Sie hatte alles, was sie sich erhoffen konnte: Ansehen, Komfort und Unabhängigkeit. Und sie musste sich weder vor einem Mann noch vor ihren Eltern verantworten.

»Ich bin so weit.«

Juno, die kurz in ihrer Träumerei versunken war, musste blinzeln. Marina stand vor ihr und hielt fünf, nein sechs Bücher in der Hand.

»Sind die nur für heute Abend oder für die Dauer unseres Aufenthalts?«, scherzte Juno.

»Oh, sie werden nicht für die gesamte Zeit reichen, die wir hier sind. Es sei denn, wir werden früher abreisen«, entgegnete Marina eifrig.

»Das bezweifle ich«, entgegnete Juno auf dem Weg hinaus. Das würde nur in dem Fall passieren, wenn Marina sich mit dem Herzog verlobte. Das *könnte* geschehen, falls der Herzog entscheidungsfreudig war. Dieser Charakterzug schien auf jeden Fall zu seinem Auftreten zu passen. Sie konnte sich nicht vorstellen, dass er jemand war, der zauderte.

Als sie die Treppe hinaufstiegen, erkundigte Juno sich bei Marina, ob sie den Herzog mochte.

»Es ist noch zu früh, um das zu sagen«, wich Marina aus.

»Es war nett von ihm, dass er sich nach dem Vorfall auf der Tanzfläche um dich gekümmert hat.«

»Das war es.« Marina drückte die Bücher fester an ihre Brust, als sie das obere Ende der Treppe erreichten. »Das war besonders zuvorkommend. Ich gebe zu, ich war überrascht. Er wirkt so mürrisch.«

»Ich vermute, dass die äußere Schroffheit ein weiches,

süßes Inneres verdeckt.« Juno hoffte, dass dem so war. Wenn nicht, täte er ihr ziemlich leid.

»Bei dir klingt er wie etwas Essbares. Vielleicht wie eine Süßigkeit.«

»Du bist dem gar nicht so unähnlich«, meinte Juno sanft. »Dein Äußeres verrät nicht immer, wer du wirklich bist.«

Marina stieß die Luft aus. »Ich weiß. Ich versuche es ja. Es ist bloß so schwer, sich unter Menschen wohlzufühlen, wenn ich viel lieber allein bin. Nicht die ganze Zeit, wohlgemerkt. Ich genieße deine Gesellschaft.«

»Am Anfang war das nicht so«, erinnerte sich Juno lachend, als sie sich ihrem Schlafzimmer näherten. »Ich erinnere mich genau, dass du mich mindestens drei Tage lang böse angestarrt hast.«

Marina warf ihr einen weiteren verlegenen Blick zu. »Ich war wütend auf meine Mutter, weil sie dich eingestellt hatte. Ich wollte keine ›Raffinesse‹. Das habe ich an dir ausgelassen, und es tut mir leid.«

Juno öffnete die Tür und machte Marina ein Zeichen, ihr vorauszugehen. »Du brauchst dich nicht zu entschuldigen. Ich bin daran gewöhnt, dass junge Damen mich nicht immer mit Freude empfangen.« Warum sollten sie auch, wenn Juno anwesend war, um eine katastrophale oder beinahe katastrophale Situation ins Lot zu bringen?

Marina legte ihre Bücher auf dem Tisch neben ihrer Seite des Bettes ab. »Ich werde sie verstecken müssen, für den Fall, dass Mutter später hereinschaut.« Stirnrunzelnd betrachtete sie den Stapel und dann murmelte sie etwas.

»Ist etwas nicht in Ordnung?«, fragte Juno, als sie ihre Ohrringe auszog, die sie auf der Frisierkommode deponierte.

»Ich habe eines der Bücher unten gelassen.« Marina

zog die Stirn vor Enttäuschung in Falten. »Ausgerechnet dasjenige, das ich als Erstes lesen wollte.«

Juno wusste, wie sehr sich Marina anstrengte, um die Erwartungen ihrer Mutter zu erfüllen, und wollte ihr diese Last abnehmen. »Ich laufe runter und hole es.«

»Das musst du nicht«, widersprach Marina ernsthaft. »Ich komme schon zurecht. Ich wage zu behaupten, dass ich viel zu lesen habe.« Ihre Wangen röteten sich, als sie auf den Bücherstapel blickte.

»Es macht mir nichts aus. Wirklich«, versicherte Juno ihr.

»Du bist sehr freundlich«, entgegnete Marina dankbar. »Es liegt auf dem Tisch bei den Fenstern im hinteren Bereich.«

Juno schenkte Marina ein Lächeln und winkte kurz mit den Fingern, ehe sie eilig nach unten ging, damit ein dienstbeflissenes Dienstmädchen oder ein Diener das Buch vor Junos Eintreffen nicht wieder ins Regal gestellt hatten. Die Bibliothek war jedoch nicht mehr leer. Drüben bei dem Tisch, auf den Marina hingewiesen hatte, stand niemand anderer als der Herzog von Warrington.

Er wandte sich zu Juno um, als sie sich ihm näherte.

»Guten Abend, Euer Gnaden«, begrüßte sie ihn. »Wie ich sehe, haben Sie mein Buch gefunden.«

Er nahm das Buch in die Hand, schlug den Einband auf und blätterte ein paar Seiten um. »Sie wollen über Schmetterlinge lesen?«

»Nein, eigentlich nicht. Es ist für Lady Marina. Obwohl ich Schmetterlinge auch interessant finden könnte.« Juno las meistens Zeitschriften und Zeitungen. Sie wollte wissen, was in der Welt vor sich ging, und auch über die neueste Mode auf dem Laufenden sein. »Lady Marina ist außergewöhnlich belesen.« Manche Gentlemen würden das als lästig empfinden, doch ihrer Vermutung nach war das beim Herzog nicht der Fall.

Neugierde blitzte in seinen Augen auf, und Juno freute sich, dass sie recht hatte. »Sind Schmetterlinge von besonderem Interesse?«

»Ich bin mir nicht sicher. Normalerweise liest sie alles, was sie in die Finger bekommt.« Juno verschränkte die Hände vor der Taille. »Sie beide schienen sich beim Abendessen gut zu verstehen.«

»Spielen Sie den Ehestifter, Mrs. Langton?« Bei einem anderen Gentleman wäre es vielleicht eine kokette Bemerkung gewesen, aber bei dem Herzog hatte sie eine anklagende Note. Oder vielleicht erschien ihr das nur so, weil er so höllische Augenbrauen hatte. Sie waren dick und dunkel und besaßen eine großartige Ausdruckskraft. Scharfsinnig. Befehlend. Fesselnd.

Was war das? *Nein.*

Juno blinzelte. »Ich wurde eingestellt, um Sorge dafür zu tragen, dass Lady Marina auf dem Heiratsmarkt erfolgreich ist. Wenn mich das zu einer Ehestifterin macht, dann bin ich wohl eine.«

»Sie sind also mehr als eine gewöhnliche Begleiterin.« Er musterte sie, seine dunklen Augen bewegten sich in träger Betrachtung. »Wie *außergewöhnlich.*« Das letzte Wort kam in einem tiefen, rauen Murmeln über seine Lippen, doch andererseits hörte sich auch alles, was er sagte, so an, als hätte er die Dunkelheit verschluckt. Sie konnte nicht sagen, dass ihr dies missfiel. Es war sogar unmöglich, ihre Aufmerksamkeit nicht auf jedes seiner Worte zu lenken.

Sie weigerte sich allerdings, dies zu tun. Oder zumindest zuzulassen, dass er etwas davon bemerkte. Kein Mann würde je wieder eine verführerische Macht über sie ausüben können. Jetzt war sie die Aufreizende, und sie war sehr, sehr wählerisch.

»Sie scheinen die Gesellschaft von Lady Marina zu genießen«, bemerkte Juno und konzentrierte sich auf das Einzige, worauf es ankam – ihn mit Marina zusammenzubringen.

»Sie ist ruhig und angenehm.«

»Marina – Lady Marina – hat sich auch sehr wohlgefühlt.« Juno hatte ihren Namen absichtlich benutzt, denn sie hoffte, der Herzog würde anfangen, sie in einem intimeren Licht zu betrachten.

»Gehörte der Tanz auch dazu?«

War das ein Anflug von Humor in seiner Stimme? Juno konnte sich ein Lächeln nicht verkneifen. Diese Verbindung *könnte* funktionieren. »Nein, das nicht. Ich fürchte, Marina tanzt nicht besonders gern, selbst wenn alles glatt läuft. Ich hoffe, das stört Sie nicht.«

»Ganz und gar nicht. Ich erachte das sogar als Vorteil für sie. Ich verabscheue das Tanzen.«

»Sie mögen anscheinend sehr viele Dinge nicht«, bemerkte Juno, nicht ohne einen Hauch von Sarkasmus.

»Ich sehe keinen Sinn darin, so zu tun, als würden mir Dinge gefallen, die ich nicht mag. Wenn ich sagen würde, dass ich gerne an Hauspartys teilnehme, würde ich zu einer Vielzahl von Partys eingeladen werden. Wenn ich vorgeben würde, gerne zu tanzen, würde man von mir erwarten, auf jeder Tanzfläche zu glänzen. Es ist das Beste, genaue Erwartungen zu formulieren, meinen Sie nicht auch?«

Juno fiel es schwer, etwas dagegenzuhalten. »Ich gebe zu, ich finde Ihre Offenheit erfrischend, wenn auch verwirrend.«

»Sie werden sich daran gewöhnen. Oder auch nicht. Ich

vermute, unsere Bekanntschaft wird eher von kurzlebiger Natur sein.«

Er hatte recht. Ob er Marina nun heiratete oder nicht, Juno würde nach ihrer wohlverdienten Ruhepause auf Urlaub zu ihrem nächsten Auftraggeber weiterziehen.

Er hob die Hand und griff nach ihrem Ohr. Sie erstarrte und erwartete seine Berührung. Aber sie kam nicht. Er ließ seinen Arm sinken. »Ihnen fehlt ein Ohrring. Haben Sie ihn verloren?«

Sie führte die Finger an ihr Ohrläppchen. »Nein, ich habe ihn vorhin abgelegt.«

»Ich wollte Ihnen eigentlich anbieten, Ihnen bei der Suche behilflich zu sein.«

Wollte er das? Er war ein merkwürdiger Gentleman. »Was *mögen* Sie denn, Euer Gnaden?«

Er zögerte, eine Braue wanderte höher als die andere. »Reiten. Spazierengehen. Im Freien sein. Lesen. Schach.« Sein Blick wanderte zu einem Brett auf einem kleinen Tisch, der von zwei Stühlen flankiert wurde.

Juno merkte sich diese Information und lenkte dann das Gespräch auf ein anderes Thema um, damit sie ihn nicht weiter interessant fand. Es hatte keinen Sinn. »Marina weiß Ihre Freundlichkeit nach dem Missgeschick beim Tanzen zu schätzen.«

Seine Lippe zuckte, und er wandte den Blick ab. Juno hätte schwören können, dass er ein leises Knurren in der Kehle von sich gab, aber sie musste sich verhört haben.

»Es war keine Freundlichkeit«, grummelte er.

»Ob Sie es nun als solche gemeint haben oder nicht, war es genau das.« Sie fragte sich, ob er sich bei Komplimenten unwohl fühlte. Ihre Mutter war genauso.

»Hier.« Er hielt ihr das Buch entgegen, und ihre Finger streiften sich, als sie es von ihm nahm.

Ein heißer Blitz tanzte ihren Arm hinauf. Sie riss den

Blick von ihm los und war überrascht, dass er sie mit einer Intensität anblickte, die zu der Wärme passte, die ihren Körper plötzlich erfasst hatte.

»Danke. Gute Nacht.« Sie wirbelte herum und eilte aus der Bibliothek, wobei sie sich über sich selbst ärgerte, weil sie das morgige Picknick nicht mit ihm besprochen hatte. Er hatte gesagt, dass es ihm gefiel, Erwartungen zu setzen. Sie hätte ihm sagen sollen, dass sie alle zusammensitzen würden. Also könnte er sich darauf freuen.

Sie würde ihr Bestes tun, um das Gegenteil zu erreichen.

~

Nach einem belebenden Morgenritt auf einem der besten von Cosfords Pferden, fühlte sich Dare recht gut und fit. Er freute sich sogar auf das Picknick. Jede Unterhaltung, die im Freien stattfinden konnte, war auf der Stelle wünschenswerter.

Tatsächlich war er so ungeduldig, dass er aufbrach, ohne daran zu denken, Lady Marina und ihre Begleiterin zu eskortieren. Er stand dort und blickte vom Picknickplatz auf den See hinaus, als die anderen Gäste nach und nach eintrafen.

Lady Marina, ihre Mutter und Mrs. Langton kamen mit einer großen Gruppe an. Dares Aufmerksamkeit wanderte zuerst zu ihrer Begleiterin, die zwischen den beiden Frauen ging. Sie war kleiner und von zierlicherer Gestalt. Wieder trug sie ein elegantes Kostüm, das über ihrem Stand zu sein schien. Sie sah wie ein Familienmitglied und nicht wie eine bezahlte Angestellte aus. Allerdings standen ihr blondes Haar und die grünen Augen im Gegensatz zu dem dunklen Haar und den blauen Augen der größeren Frauen in ihrer Begleitung.

Wie gewöhnlich hatte Mrs. Langton ein strahlendes Lächeln aufgesetzt und schien kurz davor zu sein, in Gelächter auszubrechen. Er fand es überaus irritierend, aber auch faszinierend. Er sollte Lady Marina mehr Aufmerksamkeit schenken. Sie war gar nicht irritierend – oder erheitert. Sie war reserviert und zurückhaltend, was sie zur perfekten Partnerin für ihn machte. Sie würde ihn nicht zu einem Lächeln provozieren, oder wenigstens beinahe, oder ihm Komplimente machen.

Nichtsdestotrotz stellte er fest, dass er mehr über Mrs. Langton herausfinden wollte. Wie war sie dazu gekommen, eine derart *außergewöhnliche* Begleiterin zu sein, die sich kleidete, als würde sie die feine Gesellschaft mit einer Hand regieren? Sie strahlte Selbstbewusstsein und Charme aus. Sie war die Art von Frau, die ein normaler Herzog – einer, dem etwas an der richtigen Erscheinung und gesellschaftlicher Dominanz lag – begehrte. Allerdings war sie eine bezahlte Begleiterin.

Warum um alles in der Welt dachte er immer noch an sie?

Dare konzentrierte seine Aufmerksamkeit erneut auf seine potenzielle Braut. Er war so vertieft, dass er seine Gastgeberin gar nicht bemerkte, die sich ihm genähert hatte.

»Herzog, darf ich Ihnen Ihre Decke zeigen?«, fragte sie mit einem beunruhigenden Lächeln. Doch gab es andererseits auch andere? Seiner Vermutung nach waren die aufrichtigen in Ordnung. Das Problem war, dass es wirklich nur so wenige davon gab. »Ich habe Sie zu Lady Marina gesetzt.«

Natürlich hatte sie das. Er fragte sich fast, ob alle Anwesenden, einschließlich der Diener Teil dieser Ehestiftung waren, doch er hielt den Mund. Vielleicht musste er nicht alles sagen, was er dachte, selbst wenn er glaubte, dass es sehr hilfreich wäre.

Er meinte nur: »Danke«. Und dann ließ er sich von Lady Cosford zu der Decke führen, auf der Lady Marina und ihre Entourage bereits auf kunstvoll arrangierten Kissen Platz genommen hatten.

Stirnrunzelnd betrachtete Dare sein Kissen und schob es beiseite, damit er neben Lady Marina sitzen konnte. Mrs. Langton saß hinter ihnen, während Lady Wetherby auf der anderen Seite ihrer Tochter saß. Gut. Hoffentlich würde sie um Lady Marina herum nicht versuchen, mit Dare zu sprechen. Er hatte bereits entschieden, dass sie eine Nervensäge war.

Ein weiteres Paar setzte sich zu ihnen auf die Decke und Dare machte sich nicht die Mühe, sich in Erinnerung zu rufen, wer sie waren. Er war hier, um eine Frau zu finden und nicht um soziale Kontakte zu knüpfen.

»Guten Tag«, sagte er, um die Unterhaltung mit Lady Marina einzuleiten.

Sie erwiderte seinen Blick kaum. »Guten Tag.«

Nahm sie außer mit ihrer Mutter und Mrs. Langton keinen Augenkontakt auf? Dare glaubte das nicht, aber vielleicht schenkte er der Sache nicht genügend Aufmerksamkeit. Es war zu dumm, dass sie eine dermaßen ablenkende Begleiterin hatte. Es würde ihr weitaus besser mit einer tattrigen Tante ergehen, die Morgenhäubchen aus Spitze trug und über ihrem Sherry einschlief. Jemand, der nicht hübsch oder faszinierend war. Oder dessen Berührung ein alarmierendes Gefühl hervorrief … *ach verdammt.*

Beinahe hätte er Lady Marina nach dem Schmetterlingsbuch gefragt, doch dann hätte er erklären müssen, wieso er von seiner Existenz wusste. Was bedeutete, dass er hätte verraten müssen, Mrs. Langton gestern Abend in der Bibliothek getroffen zu haben. Und was wäre daran falsch? Es wäre nicht skandalös gewesen.

Warum fühlte er sich dann so?

»Ich genieße es, im Freien zu sein«, meinte er und unterbrach die beunruhigende Richtung, die seine Gedanken nahmen. »Und Sie?«

»Wahrscheinlich. Ich genieße die Stille.«

»Sie hätten es lieber, wenn Sie allein auf dieser Decke säßen.«

Ihr Blick schoss zu ihm, aber nur kurz. »Vielleicht.« Sie hatte gezaudert, als ob sie ja sagen wollte und dann zu dem Entschluss kam, dass es nicht richtig war.

»Allein auf dieser Decke und ohne all die anderen Decken würde ich wetten. Wenn ich ein Mann wäre, der Wetten abschließt, was ich ganz bestimmt nicht bin.« Er mochte Dinge nicht, die unerwartet waren oder dem Zufall überlassen. All seine Investitionen waren konservativ und solide und nie betrat er so etwas wie einen Spielsalon.

Er dachte, dass sie vielleicht antworten könnte, und als sie das nicht tat, verfiel er in Schweigen. Er würde nicht zu große Bemühungen anstellen, sie in eine Unterhaltung zu verwickeln. Warum sollte er, wenn sie beide sich schweigend wohlfühlten?

Als die Getränke verteilt wurden, hätte Dare beinahe seinen Wein verschüttet, als Mrs. Langton sich hinter ihm näher beugte. »Sie sollten sie zu einer Promenade auffordern«, flüsterte sie. »Sie ist schüchtern, aber wenn Sie beide allein sind, wird sie sich entspannen. Dann können Sie besser Bekanntschaft schließen.«

Ein Schauder huschte Dare über den Nacken. Mrs. Langtons fruchtig-blumiger Duft überkam seine Sinne. Er trank einen stärkenden Schluck Wein.

Er wollte nicht unbedingt mit Lady Marina promenieren, aber er nahm an, dass er das musste. Wenn sie seine Frau werden sollte, müssten sie einander kennenlernen. Es war nicht so, als ob sie ihr Leben in Schweigen verbringen könnten, oder?

Er drehte den Kopf und fragte Lady Marina, ob sie gern promenieren würde. Ein Diener nahm sein Weinglas.

Lady Marina sah zu ihrer Mutter, die ihm Gegenzug zu Mrs. Langton blickte. »Nimm Juno mit«, antwortete Lady Wetherby.

Juno. War sie nach der Göttin benannt worden?

Dare half Lady Marina beim Aufstehen und dann drehte er sich um, um ihrer Begleiterin den gleichen Dienst zu erweisen. Mrs. Langtons kluge Augen trafen seine, und er wusste, dass sie nicht absichtlich provokativ war, aber verdammt sollte er sein, wenn er nicht auf der Stelle in ihre grünen Tiefen tauchen wollte.

Stirnrunzelnd drehte er sich wieder zu Lady Marina und bot ihr seinen Arm. Sie schlenderten von der Decke weg zum See. Er fühlte sich unruhig und erregt. Wegen der Göttin.

Dann zwang er seine Aufmerksamkeit auf seinen Lieblingsort: im Freien. Es war ein schöner Oktobertag – der Morgen war kühl und feucht gewesen und dieser Nachmittag war warm und strahlend. Die Bäume hatten noch nicht ihre leuchtendste Farbe erreicht, doch sie strahlten bereits in Gold und Orange. Dare holte tief Luft und bekam eine Nase voll von Mrs. Langtons unverwechselbarem köstlichen Duft. Er machte ein finsteres Gesicht.

Lady Marina brach das Schweigen, doch Dare hatte ihr keine Aufmerksamkeit geschenkt. »Verzeihung?«, bellte er.

Sie zögerte. »Können wir etwas langsamer gehen?«

Lief er zu schnell? Das hatte er nicht geglaubt. Dennoch drosselte er sein Tempo, bis er das Gefühl hatte, als ob er durch einen rasch dahinfließenden Bach watete.

»Danke«, murmelte sie.

»Ich gehe gern schnell. An den meisten Tagen genieße ich einen langen ordentlichen Marsch.«

»Ich bevorzuge ein ruhigeres Tempo.«

»Das kann ich sehen.« Seine Mutter würde sagen er sei kurz angebunden. Allerdings konnte er nicht ändern, wer er war oder die Tatsache, dass er lieber sprach, ohne seine Worte zu zensieren. Seine zukünftige Frau musste das verstehen und akzeptieren.

Sie hatten den See erreicht, ein kleiner, aber hübscher blauer Fleck, der von Blumen und Grün und an einer Stelle von einem sumpfigen Ufer umgeben war. Dies wäre eine ausgezeichnete Stelle, an der er zu einem erfrischenden Bad ins Wasser steigen könnte, was überaus angenehm klang. Wenn es eine Aktivität war, die Dare im Freien ausüben konnte, dann genoss er sie.

»Oh!« Lady Marina nahm die Hand von seinem Arm und tanzte wild wedelnd davon.

Er beobachtete sie missbilligend. »Was um alles in der Welt ist mit Ihnen los?«

»Da ist eine Biene!«

»Sie wird Ihnen nichts tun. Je mehr Sie sich bewegen, umso mehr werden Sie sie aufregen.«

Sie fuhr fort, mit den Armen zu wedeln, wobei ihr Hut in Schieflage geriet. Sie bewegte sich auch gefährlich nahe an das Seeufer heran.

»Vorsicht«, warnte er und griff nach ihr genau in dem Moment, als Mrs. Langton sich zwischen ihren Schützling und das Wasser bewegte. Dares Hand prallte auf die Schulter der Göttin und sie fiel direkt in den See.

»Himmel!« Dare dachte nicht zweimal nach, ehe er hinter ihr hersprang.

Gott sei Dank war das Wasser nicht tief und schnell fanden seine Füße Halt, als seine Stiefel sich in den schlammigen Untergrund bohrten. Die Göttin ruderte mit den Händen im Wasser, als sie darum kämpfte, wieder auf die Füße zu kommen. Das musste in einem Kleid so viel schwerer sein.

Dare hob sie in seine Arme und trug sie aus dem Wasser. »Alles in Ordnung?«

»Ich kann nicht schwimmen.«

»Ich kann es. Vielleicht sollten Sie es lernen.«

»Wenn das ein Angebot zu einer Anleitung sein sollte, denke ich, dass ich lieber verzichte. Ich kann mir nicht vorstellen, dass Sie ein angenehmer Lehrer sind.«

Ihre Worte trafen ihn wie ein Stein.

»Nichtsdestotrotz bin ich froh, dass Sie schwimmen und mich so retten konnten«, fügte sie an.

»Schwimmen war hier gar nicht erforderlich. Das Wasser hier reicht mir nicht einmal bis zur Taille.« Auf seinen Armen trug er sie zum Ufer und hob sie inmitten eines Flecks nun zerdrückter Narzissen.

Sie wackelte ein wenig auf ihren Füßen, doch dann fand sie ihr Gleichgewicht. Dann sah sie an sich herab und lachte. »Himmel, ich bin ein Desaster.«

Ihr Gelächter schockierte ihn. Er erwartete Verärgerung oder Aufgelöstheit, aber bestimmt keinen *Humor*. Ein Lächeln zupfte zaghaft um seinem Mund also vertiefte er sein Stirnrunzeln.

Lady Marina nahm ihre Begleiterin an der Hand und zog sie vom See weg. »Es tut mir so leid, Juno!«

Juno. Dare würde nie müde werden, diesen Namen zu hören. Tatsächlich weigerte er sich, sie von nun an als etwas anderes zu betrachten. Er zog sich ans Ufer und straffte sich, wobei ihm das Wasser von überall, aber insbesondere aus seinem Haar lief. Er streckte die Hand nach oben und als er seinen Kopf betastete, stellte er fest, dass er seinen Hut verloren hatte.

Als er dann den Blick zu Juno schweifen ließ, wäre ihm obendrein beinahe die Luft weggeblieben. Ihr Kleid war an ihre zierliche aber unglaublich kurvige Figur geschmiegt. Der Anblick ließ der Fantasie wenig Spielraum. Tatsächlich kamen ihm alle möglichen Ideen. Sein Körper bewegte sich bereits in diese Richtung. Er fluchte vehement und als die beiden Frauen ihre Aufmerksamkeit zu ihm herumrissen, erkannte er, dass er dies so laut getan hatte, dass sie ihn gehört hatten. Wieder fluchte er, aber dieses Mal leise.

»Mrs. Langton.« Ein Diener reichte ihr eine Decke, die sie um sich schlang.

»Geht es Ihnen gut?«, fragte Lady Cosford, die gleich hinter dem Diener angekommen war. Lady Wetherby folgte ihr, die allerdings noch immer einige Meter zurückzulegen hatte. Die Göttin versuchte, ihren Hut zurechtzurücken, der ganz schief auf ihrem Kopf saß. »Nur nass.«

»Wir müssen dem Herzog danken«, bemerkte Lady Cosford und sah in dankbar an.

»Das vermute ich«, murmelte Juno, als sie ihm einen atemberaubenden finsteren Blick zuwarf, der ihn hätte vernichten sollen. Stattdessen fühlte er sich merkwürdig und wunderbar *belebt*.

Und wenn das nicht absolut schrecklich war, wusste er nicht, was das sein sollte.

»Ich werde mit dir zum Haus zurücklaufen«, erbot sich Lady Marina mit schüchterner Stimme, während sie eine Hand auf den Arm ihrer Begleiterin legte.

»Du kannst nicht zurückgehen«, beschied Lady Wetherby und klang sehr gereizt, als sie in scharfen kleinen Atemzügen ein- und ausatmete.

»Ich bin sicher, der Herzog wird ebenfalls zum Haus zurückkehren müssen, Mutter«, entgegnete Lady Marina in einer seltenen Demonstration von Emotion.

Juno schaute sie mit Bewunderung an. »Ich muss aus

diesen nassen Kleidern heraus.« Dare hätte beinahe bei diesem Gedanken gestöhnt.

Lady Marina und die Göttin – sie könnte jetzt Aphrodite sein, erkannte er ein bisschen absurd – fingen an, auf das Haus zuzugehen, allerdings nicht, bevor Juno ihm einen weiteren beunruhigenden Blick zugeworfen hatte. Sie war ärgerlich auf ihn und warum sollte sie das auch nicht. Er hatte sie schließlich in den See gestoßen. Er schuldete ihr eine Entschuldigung. Ja, er würde Sorge dafür tragen, das später zu erledigen.

Zuerst musste er aus seinen nassen Kleidern. Und wahrscheinlich müsste er Hand an sich anlegen, wenn er nicht für den Rest des Tages mit einer mächtigen Erektion herumlaufen wollte.

KAPITEL 4

ls Juno aus dem See gehievt worden war, hatte sie wie ein Paar Stiefel gerochen, das eine Woche lang draußen im Regen gestanden hatte. Vielleicht einen Monat. Nach einem warmen, parfümierten Bad fühlte sie sich viel besser. Körperlich zumindest. Geistig war sie immer noch auf den Herzog wütend. Nicht weil er sie versehentlich in den See gestoßen hatte, sondern weil er sich wie ein unmöglicher Flegel benommen hatte, während er mit Marina promeniert war.

Es gab einfach keine Möglichkeit, wie Juno eine Verbindung zwischen ihrem Schützling und dem verstockten Herzog unterstützen konnte. Und jetzt musste sie dies Lady Wetherby beibringen.

Mit gestrafften Schultern marschierte sie zum Schlafzimmer der Countess und klopfte an die Tür in der Hoffnung, die Frau nicht bei ihrer Toilette vor dem Dinner zu stören. Ihre Zofe öffnete und ließ sie ein. Lady Wetherby saß mit ihrem halb frisierten Haar da.

»Sie sind trocken«, bemerkte Lady Wetherby. War sie überrascht, dass Juno sich nach dem Sturz in den See gebadet hatte? »Was für ein Desaster das gewesen ist, und es hat Marinas Picknick ruiniert.«

Juno schüttelt leicht mit dem Kopf. Zuweilen konnte es ziemlich schwierig sein, die Countess zu durchschauen. »Ja, es war sehr frustrierend, aber ich vermute, dass wir dem Herzog die Schuld dafür anlasten müssen.« Juno würde es sich nicht nehmen lassen, hervorzuheben, dass er derjenige gewesen war, der das Desaster angerichtet hatte.

»Warum sollten wir ihn beschuldigen?« Lady Wetherby winkte ab, als die Zofe mit dem Frisieren für das Dinner weitermachen wollte. »Ach, er hat Sie hineingestoßen, nicht wahr? Ich habe davon gehört.« Es schien nebensächlich für sie.

»Ja. Das war, nachdem er Marina gegenüber sehr mitleidlos gewesen war, als sie von einer Biene attackiert worden war.« Vor einigen Jahren war Marina mehrere Male gestochen worden – eine Geschichte, die sie nach einer ähnlichen Begegnung mit einer Biene im letzten Monat wiedererzählt hatte – und sie hatte Todesangst vor ihnen.

»Lieber Himmel, Marina muss sich zusammenreißen. Sie ist ein paarmal gestochen worden und hat sich gut davon erholt. Das Mädchen ist stärker, als sie glaubt.«

Juno blinzelte. Obwohl sie nicht immer einer Meinung mit Lady Wetherby war, erinnerte dies Juno an zwei Dinge. Die Countess hatte keine schlechte Meinung von ihrer Tochter, und sie kannte sie viel besser als Juno.

Juno trat näher an Lady Wetherbys Sitzplatz heran und wechselte ihre Taktik. »Ich wollte mit Ihnen über diese vorgesehene Verbindung sprechen. Ich bin überhaupt nicht sicher, ob das funktionieren wird.«

Lady Wetherby verengte die Augen. »Es ist erst ein Tag, Mrs. Langton.«

»Obwohl das stimmt, kann ich einfach nicht erkennen,

wie daraus eine gute Verbindung werden soll. Marina und der Herzog sind sich viel zu ähnlich. Wenn beide so … zurückhaltend sind, stellt sich die Frage, wie sie vorankommen werden – nicht nur miteinander, sondern auch in der Gesellschaft. Wenn es auch schwierig zu sagen ist, scheint keiner der beiden sehr interessiert am anderen zu sein. Außerdem war Seine Gnaden heute beim Spaziergang überaus rüde Marina gegenüber. Sie hat einen Ehemann verdient, der sie mit Respekt behandelt und ein unterstützender Partner ist.«

»Er hat eine brummige Art«, bemerkte Lady Wetherby wegwerfend. »Die Tatsache, dass sie sich so ähnlich sind, macht sie zu einem perfekten Paar. Nach allem, was ich sagen kann, werden sie in geteiltem Schweigen zusammensitzen und einander überhaupt nicht stören. Ehrlich gesagt klingt dies tatsächlich wie eine exzellente Ehe. Insbesondere für Marina.«

Wieder blinzelte Juno ihre Arbeitgeberin an. Vielleicht hatte sie recht. Juno mochte den Herzog nicht – nun, sie mochte die Art nicht, wie er Marina behandelte – und sie gestattete ihren Emotionen, ihr Urteilsvermögen zu trüben. Sie sollte mit Marina reden und herausfinden, ob sie immer noch bereit war, ihn zu heiraten. Dachte er überhaupt darüber nach, einen Heiratsantrag zu machen? Angesichts seines Benehmens heute Nachmittag, konnte es gut möglich sein, dass er nicht daran interessiert war, Marina zu heiraten.

Was von seiner Seite kurzsichtig war. Marina war entzückend – klug, gütig und in der Lage, einen Haushalt zu führen. Wahrscheinlich. Ihre Mutter hatte recht, dass Marina stärker war, als sie erkannte. Juno würde sie bei jeder sich bietenden Gelegenheit daran erinnern.

»Machen Sie sich keine Sorgen darüber, dass kein Funken zwischen den beiden überspringt«, meinte Lady

Wetherby. »Die meisten Ehen fangen nicht mit solch einem Unsinn an.«

Obwohl Juno dieses Knistern mit Bernard sehr genossen hatte, sollte dies nicht das Hauptmotiv für eine Ehe sein, hatte sie gelernt. Dennoch war es wichtig. »Ich würde es ungern sehen, wenn Marina unglücklich wäre.«

»Ihr Glück ist nicht das Ziel, das Sie für sie anstreben sollen – sondern ihre Heirat.« Lady Wetherby stieß die Luft aus. »Ich will nicht lieblos klingen und ich weiß Ihre Sorge um Marina zu schätzen, aber sie wird klarkommen. Sie müssen zugeben, dass ein Mann wie der Herzog viel besser für sie wäre als irgendein anderer. Jemand, der … sagen wir, sich gern unterhält.«

Wenn das auch beleidigend klang, hatte die Countess nicht unrecht. Sie kannte ihre Tochter und deren Unbehagen bei Leuten, die sie nicht kannte. Selbst wenn Marina jemanden kennenlernte, konnte sie sehr reserviert sein.

»Ich erwarte von den beiden, dass sie heiraten, Mrs. Langton.« Lady Wetherby bedachte Juno mit einem fordernden Blick. »Denken Sie daran, dass ich Ihnen eine sehr großzügige Entlohnung zugestehe. Ich wäre sehr enttäuscht, und das insbesondere, wenn ich eine Empfehlung für Ihren nächsten Posten schreiben muss.«

Juno war selten über Menschen verärgert, aber Lady Wetherby forderte ihre sonst so umgängliche Art heraus. »Ich werde mein Bestes mit dem geben, was wir haben. Wir können nur hoffen, dass Seine Gnaden ein wenig lockerer wird.«

Lady Wetherby wandte ihre Aufmerksamkeit von Juno ab und erweckte bei dieser den Eindruck, als sie sei entlassen. Juno drehte sich zur Tür und verließ das Zimmer, um sich auf die Suche nach ihrer Verbündeten bei dieser Herausforderung einer Ehestiftung zu machen.

Nachdem sie schließlich einen Diener gefragt hatte,

fand Juno Cecilia im Speisesaal, wo sie die letzten Vorbereitungen für diesen Abend beaufsichtigte. »Oh, Juno, ich bin so froh, dass Sie sich von ihrem Missgeschick erholt haben.« Cecilia umrundete den Tisch und kam zu ihr.

»Das habe ich, danke. Es war ein ausnehmend abkühlendes Ereignis«, scherzte sie.

»Sie schienen darüber beunruhigt zu sein, und es tut mir sehr leid, dass es passiert ist.«

»Ich war über den Verstockten verärgert. Er hat Marina während ihres Spaziergangs ziemlich unausstehlich behandelt. Sie hat berechtigterweise Angst vor Bienen und wurde von einer belästigt. Er hatte kein Mitgefühl für ihre Situation.«

Cecilia legte die Stirn in Falten. »Das klingt nicht gerade vielversprechend.«

»Ganz und gar nicht. Ich habe Lady Wetherby aufgesucht, um sie von meinen Zweifeln in Kenntnis zu setzen, dass die beiden zusammenpassen. Sie besteht darauf, dass sie perfekt füreinander wären, und erwartet, dass sie heiraten.« Juno drückte zwei Finger an ihre Schläfe. »Das wird schwieriger, als ich es mir vorgestellt habe.«

»Ich verstehe.« Cecilia warf einen Blick auf den Tisch. »Ich habe die beiden wieder nebeneinander platziert, Sie neben Lady Marina, so wie Sie gestern Abend gesessen haben.«

»Ich frage mich, ob ich mich neben den Verstockten setzen und versuchen sollte, ihn zu einem höflicheren Verhalten zu bewegen. Wenn er sich Marina gegenüber weiterhin so flegelhaft benimmt, wird sie sich in seiner Nähe nie entspannen. Und wenn das passiert, kann ich mir nicht vorstellen, dass er ihr einen Heiratsantrag macht.«

»Es sei denn, dies gefällt ihm an ihr. Er selbst ist eher ... zurückhaltend.«

»Ich glaube, Sie meinen steif.« Juno zwinkerte ihr zu.

»Um ehrlich zu sein, als ich ihn bei dem Spaziergang mit Marina habe reden hören, sind mir allmählich Zweifel an seinem Interesse an ihr gekommen. Ja, ich muss, glaube ich, neben ihm sitzen, um ihn zu ermuntern.«

»Ich werde diese Veränderung veranlassen«, verkündete Cecilia. »Morgen findet eine Schatzsuche statt. Die Gäste werden in Mannschaften eingeteilt, um nach Gegenständen auf einer Liste zu suchen. Die Siegermannschaft erhält einen Preis. Ich habe den Herzog, Lady Marina und Sie in einer Mannschaft eingeteilt.«

Das wäre eine gute Gelegenheit, um herauszufinden, ob die beiden zueinander passen. »Hervorragend. Ich bin mir sicher, dass ich irgendwann eine Ausrede erfinden kann, um die beiden ein wenig ungestört zu lassen.«

Cecilias Augen funkelten vor Tatendrang. »Ich werde tun, was ich kann, um zu helfen.«

»Sie sind eine ausgezeichnete Komplizin.«

»Es scheint sehr wichtig zu sein, dass diese Verbindung stattfindet. Ich werde alles tun, was in meiner Macht steht.«

»Ich weiß Ihre Unterstützung zu schätzen. Ich kann mir nicht vorstellen, dass uns bei vereinten Kräften der Erfolg versagt bleiben wird.«

Cecilia lachte leise. »Ich wünschte, ich hätte Sie schon früher kennengelernt. Wie alt sind Sie eigentlich?«

»Siebenundzwanzig.«

»Und was ist mit Mr. Langton passiert, wenn ich neugierig sein darf?«

»Das stört mich überhaupt nicht. Er starb sehr plötzlich innerhalb eines Jahres nach unserer Heirat.« Juno spürte einen kurzen Stich, als sie sich an sein sinnloses Ableben erinnerte. Bernard war reizend, aber auch töricht, und er trank zu viel.

»Sie scheinen auf ihren Füßen gelandet zu sein. Haben Sie so viele Leben wie eine Katze?«

Jetzt lachte Juno. »Noch nicht, aber das werde ich hoffentlich. Ich habe großes Glück gehabt, mich zu etablieren.«

»Sie scheinen für den von Ihnen gewählten Beruf perfekt geeignet zu sein. Ich nehme nicht an, dass Sie den Wunsch haben, wieder zu heiraten?«

»Überhaupt nicht.« Juno hatte weder das Bedürfnis noch die Neigung dazu.

»Nicht einmal, um männliche Gesellschaft zu haben?«

»Dafür ist eine Heirat nicht erforderlich«, flüsterte Juno lächelnd.

»Wie abenteuerlustig von Ihnen.« Cecilia neigte ihren Kopf zu Juno. »Haben Sie eine bestimmte Taktik im Kopf, wie Sie die Begeisterung des Herzogs für Lady Marina fördern wollen?«

»Nicht wirklich. Vielleicht muss er einfach an den Grund seines Herkommens erinnert werden, und das ist, eine Frau zu finden, wobei Marina seine einzige Wahl ist.« Juno fuhr innerlich zusammen. Es gefiel ihr nicht, Marina in diesem Licht zu betrachten. Sie hatte etwas Besseres als das verdient. »Er muss ihr – ihnen beiden - eine echte Chance geben.« Noch immer war Juno skeptisch. Vielleicht erging es ihm ebenso, womit sie sich dann einig wären. Für einen Moment staunte sie über diese Betrachtung.

»Sprechen Sie über mich?«

Der schroffe Klang der Stimme des Herzogs veranlasste sowohl Juno als auch Cecilia, sich zur Tür umzudrehen. Der verstockte Herzog stand direkt im Speisesaal, und sein nahezu ständig vorhandener finsterer Gesichtsausdruck war lediglich etwas weniger scharf als gewöhnlich.

»Ja«, antwortete Juno schnell und handelte sich damit einen scharfen Blick von Cecilia ein.

Der Herzog starrte sie einen Moment lang an und Juno hörte, wie Cecilia der Atem stockte.

Er zuckte mit den Schultern. »Ich bin nur gerade vorbeigegangen.«

»Ich muss weiter«, bemerkte Cecilia. »Ich habe viel zu tun.« Mit leicht geweiteten Augen blickte sie zu Juno und neigte den Kopf unmerklich in Richtung des Herzogs, um ihr zu bedeuten, dass sie mit ihm sprechen sollte. Oder etwas unternehmen sollte.

Der Herzog schritt beiseite, als Cecilia sich entfernte.

»Meiner Vermutung nach plant sie eine weitere langweilige Veranstaltung für den morgigen Tag.« Er verzog den Mund mürrisch, während er gleichzeitig seine dichten Brauen zusammenzog.

Juno hatte die Nase voll von seiner ewigen Geringschätzung. Sie trat auf ihn zu, rollte die Schultern zurück und blähte die Brust auf, während sie versuchte, ihn nachzuahmen. »Ich hasse Hauspartys und Picknicks, und ich bin die mürrischste Person auf Erden.« Sie starrte ihn schmollend an und bleckte dann die Zähne, wobei sie ihre Stimme zu einem noch harscheren Grollen senkte. »Aber ich bin Herzog, also kann ich mich wie ein Arsch benehmen und damit durchkommen.«

Er machte runde Augen. Er öffnete den Mund und dann machte er ihn wieder zu. »So klinge ich nicht.«

»Ganz genau so klingen Sie.« Juno entspannte ihre Schultern.

»Ich würde solche Dinge nicht sagen. Den Teil mit dem Arsch. Ich weiß, dass ich gesagt habe, ich würde Hauspartys verabscheuen.«

»Nur weil Sie den Teil mit dem Arsch nicht gesagt haben, heißt das nicht, dass Sie das nicht sagen wollen.«

»Sie glauben, Sie kennen mich so gut?

»Ich denke, Sie sind ein oberflächlicher, berechenbarer Griesgram. Vielleicht sind Sie sogar mehr als das, aber das lassen Sie ja niemanden sehen.« Sie sprach mit ihrem besten Grollen, mit dem sie den verstockten Herzog imitierte. »Ich muss nicht liebenswürdig oder gütig sein, also bin ich es auch nicht. Nicht einmal, um eine Frau zu umwerben.« Sie starrte ihn mit so viel Verachtung an, wie sie aufbringen konnte, und dann verdrehte sie die Augen. Zufrieden, dass sie sich besser fühlte, selbst wenn er ihren Standpunkt niemals begreifen würde, trat sie um ihn herum und ging hinaus.

»Das war wirklich gut«, murmelte er hinter ihr, als sie aus dem Speisesaal schwebte.

Es lag ein Hauch von Anerkennung in seinem Tonfall, der ihr Hoffnung gab. Vielleicht würde der heutige Abend besser verlaufen als die Promenade beim Picknick. Falls nicht, war sie nicht sicher, ob diese Verbindung der Beharrlichkeit von Lady Wetherby zum Trotz zustande kommen würde.

~

Dare war beim Dinner an diesem Abend nicht überrascht, seinen Platz wieder neben Marina zu finden. Allerdings war er eher sprachlos – und nicht nur weil er bevorzugte, stoisch zu bleiben, was typisch war –, als Juno sich auf seine andere Seite setzte. Dennoch herrschte fast für die gesamte Dauer des ersten Ganges Schweigen zwischen ihnen.

»Warum sprechen Sie nicht mit Lady Marina?« Junos drängendes Flüstern überraschte ihn.

Er drehte den Kopf und stellte fest, dass sie viel näher

war, als er erwartet hatte. Sie beugte sich zu ihm, um ihre Frage an ihn zu richten.

»Sie ist auf ihre Suppe konzentriert«, murmelte er zur Antwort. Ein Blick zu Lady Marina bestätigte diese Einschätzung. Sie hatte überhaupt noch keinen Augenkontakt mit ihm hergestellt und kaum ein ‚Guten Abend‘ gemurmelt, als sie sich gesetzt hatte. »Halten Sie ihre Schüchternheit nicht für Desinteresse«, meinte Juno heiter, und sprach dabei weiter mit leiser Stimme. Sie blickte ihn erwartungsvoll an und ein Lächeln huschte über ihre üppigen, küssenswerten Lippen.

Küssenswert?

Dare räusperte sich und lenkte seine Aufmerksamkeit wieder seiner Suppe zu. Einen Augenblick später versuchte er, Lady Marina anzusprechen. »Wie finden Sie die Suppe?«

»Tolerabel.« Ihr Blick schweifte nicht das geringste bisschen zu ihm. Oder irgendwohin, außer zu ihrer Suppe.

Stirnrunzelnd legte er den Löffel ab und fragte sich, ob es seine Zeit wert war, einen erneuten Versuch zu wagen.

»Sie könnten sie nach dem Wein fragen«, schlug Juno vor.

»Was genau?«

»Sie sind nicht sehr versiert im Parlieren, nicht wahr?«

Er konnte nicht anders als ihr einen leidvollen Blick zuzuwerfen. »Nicht schlimmer als Ihr Schützling.«

»Sie ist *schüchtern*«. Juno blinzelte und ihre langen Wimpern schlossen sich kurz über ihren Augen. »Und Sie?«

»Nein. Ich ziehe es nur vor, mich mit den meisten Leuten nicht einzulassen.«

»Und warum ist das so?«

»Weil ich selten jemanden treffe, mit dem zu sprechen sich lohnt.«

»Nicht schüchtern, aber ungehobelt. Suchen Sie nun nach einer Herzogin oder nicht? Fragen Sie sie nach dem Wein«, beharrte sie.

Die Diener räumten den Gang ab und während sie den nächsten auflegten, versuchte Dare es erneut. Er drehte den Kopf zu Lady Marina und zwang sie, ihn anzuschauen. Glaubte er, er sei so etwas wie ein Zauberer, der ihre Bewegungen kontrollieren könnte? Er verwandelte ein Schnauben in ein weiteres Grollen.

Unbeabsichtigt veranlasste dieses Geräusch sie, ihn anzuschauen.

»Ist der Wein nach ihrem Geschmack?«, fragte er und dachte, dass dies die dümmlichste, schmerzhafteste und irrwitzigste Konversation sein musste, die er je geführt hatte. Nein, es war nicht einmal eine Konversation, da sie nicht daran teilnahm.

»Das kann ich nicht sagen.«

»Haben Sie ihn nicht probiert?«

»Nein.« Sie streckte die Hand nach ihrem Glas aus und trank einen winzigen Schluck.

Er bemerkte das Aufblitzen des Missfallens in ihrem Blick und das leichte Krausen ihrer Nase. »Er schmeckt Ihnen nicht.«

»Er ist sehr süß.«

Die Teller wurden vor sie hingestellt, was ihren aufkeimenden Dialog auf wirksame Weise unterbrach.

Juno lehnte sich wieder näher und verlockte Dare erneut mit ihrem Duft nach Orange und Lilie. »Sie sollten fragen, was sie gern liest. Das sollte eine lebhafte Unterhaltung in Gang bringen.«

Verlockend? Dare dachte an ihre kurze Begegnung heute Nachmittag, als sie ihn verspottet hatte, indem sie ihre Stimme gesenkt hatte, dass sie seiner ähnelte und dann hatte sie sich in die Brust geworfen und die Schultern zurückgenommen.

Dummerweise hatte sie durch diese Aktion nicht größer oder wie er imposanter gewirkt. Sie hatte seine Aufmerksamkeit auf ihre bemerkenswert vollen Brüste gelenkt. Vielleicht war es gar nicht so dumm gewesen.

Dass sie ihn geneckt hatte, konnte er seitdem nicht mehr vergessen. Niemand machte sich über ihn lustig. Niemals. Nicht einmal in der Schule, als alle verspottet worden waren.

Und dennoch sprach Juno auf eine Weise zu ihm, wie kein anderer. Sie blickte ihn in offener Feindschaft und Erregung an, während sie weiter lächelte und auf ihn einredete – im Namen ihres Schützlings. Sie war überaus verführerisch.

Wenn Lady Marina auch nur einen Bruchteil der Energie ihrer Begleiterin besäße, hätte Dare kein Problem, ihr einen Heiratsantrag zu machen. Das hatte sie allerdings nicht. Er beobachtete sie, wie sie zierlich eine grüne Bohne verspeiste. Ihre Miene war ausdruckslos und er fragte sich, ob sie sie absichtlich aufsetzte oder sie vollkommen frei von allen Emotionen und Reaktionen war.

»Lächelt sie jemals?«, fragte er Juno und schockierte sich damit selbst. Diesen Gedanken hatte er wirklich nicht laut aussprechen wollen. Seit wann interessierte er sich für ein Lächeln?

»Und Sie?«

»Touché.« Er unterdrückte sein Lächeln.

»Vielleicht werden Marina und Sie auf gleicher Ebene zusammenkommen. Sie hätten inzwischen erkennen sollen, dass Sie beide viel gemeinsam haben.«

Er vermutete, dass sie sich in ihrem Verhalten ähnlich waren. Wieder drehte er den Kopf und betrachtete ihr dunkles Haar und den blassen, schlanken Hals. Sie war eine attraktive Frau, aber er war nicht von ihr bewegt. Da war kein … Funke.

»Belästige ich Sie, Lady Marina?«, fragte er leise.

Scharf drehte sie den Kopf, worauf er zusammenzuckte, was sie wiederrum dazu veranlasste, zurückzuweichen. »Nein.« Sofort wandte sie ihre Aufmerksamkeit wieder ihrem Fasan zu. Dare nahm den wenig subtilen Hinweis zur Kenntnis und widmete sich voller Ernsthaftigkeit seinem Teller, wobei er beide Frauen ignorierte, obwohl er sich Juno aber sehr bewusst war. Er griff nach seinem Wein.

»Sie sollten sie wirklich nach Büchern fragen«, beharrte Juno.

Dare trank sein Glas leer. »Wenn Sie so darauf bedacht sind, uns als Paar zu sehen, sollten Sie vielleicht mit ihr darüber sprechen, wie man mit einem Gentleman anbandelt, den man in die Ehefalle locken will.«

Als Dare sich abrupt erhob, erntete er damit die Aufmerksamkeit aller im Speisesaal, da die Unterhaltung zu einem abrupten Stillstand kam. »Bitte entschuldigen Sie mich.«

Er verließ das Speisezimmer und wusste, dass alle über ihn reden würden, doch das war ihm egal. Die Leute redeten oft über ihn und es machte ihm nichts aus. Gerade erst heute Nachmittag hatten Juno und seine Gastgeberin dies getan.

Dare fand sich in der Bibliothek wieder, wo er ein Buch aus dem Regal zog und sich damit in eine Nische setzte, um zu lesen. Wenn es nicht dunkel gewesen wäre, hätte er draußen einen Spaziergang unternommen. Ein Buch über Irlands Natur musste jetzt genügen.

Er verlor sich in den Beschreibungen der üppigen grünen Hügel und der hohen, krachenden Wellen. Er hatte keine Ahnung wie viel Zeit vergangen war, als er ein Lachen hörte.

»Die arme Lady Cosford«, meinte eine weibliche Stimme. Zwei Frauen traten in die Bibliothek. Dare erkannte sie, aber selbst unter Androhung des Todes hätte er sich nicht an ihre Namen erinnern können. Eine der beiden war mit einem Mitglied des Parlaments verheiratet. Huxley? Halsey?

»Bedauere sie nicht. Die Hausparty wird für einige Zeit Gesprächsthema sein –« Die Stimme der Frau brach ab und zwei Augenpaare fixierten ihn in seinem Alkoven.

Himmel. Er hatte gehofft, unsichtbar zu sein.

»Ach du liebe Zeit. Wir bitten um Entschuldigung, Euer Gnaden«, ergriff Mrs. H das Wort, während ihr Gesicht blass und die dunklen Augen weit aufgerissen waren.

»Haben Sie über mich gesprochen?«, fragte Dare mit einem leidenden Seufzen, als er das Buch mit seinem Finger dazwischen zuschlug.

»Ja«, antwortete die andere Lady, was ihr ein unterdrücktes Keuchen und einen schockierten Blick von ihrer Freundin einbrachte. Die Frau zuckte als Reaktion auf Mrs. H die Schultern. »Über wen sollten wir denn sonst reden?«

Mrs. H stieß die Luft aus. Sie lenkte ihre Aufmerksamkeit auf Dare. »Sie haben einen Aufruhr ausgelöst, als Sie das Dinner so abrupt verlassen haben.«

»Ich weiß.« Und es war ihm egal.

»Ach, wie schön wäre es, ein Herzog zu sein und zu tun oder zu lassen, was einem gefällt«, bemerkte Mrs. H trocken.

Junos Worte von vorhin kamen ihm in den Sinn. Vielleicht nahm er die Tatsache für selbstverständlich, dass er tun konnte, was er wollte und sich auch ohne jede Konsequenz so benehmen konnte.

Die andere, die nicht Mrs. H war, warf ihm einen argwöhnischen Blick zu, als ob sie von ihm erwartete, negativ auf ihren Kommentar zu reagieren. »Vermutlich sind mir gewisse … Schrullen erlaubt. Oder sie werden mir zumindest verziehen.« Dare vermutete, dass Juno ihm überhaupt nichts vergab. Hatte er etwas falsch gemacht? Er war während seiner Promenade beim Picknick mit Lady Marina nicht vollkommen … zuvorkommend gewesen.«

»Sind Sie mit Absicht abweisend?«, fragte die andere, die nicht Mrs. H war, während Mrs. H ihr einen schockierten Blick zuwarf.

Dare mochte die Lady, die nicht Mrs. H war, auf die *gleiche* Weise, wie er Juno mochte. Keine der beiden ließ sich seine knurrige Art gefallen. Nun, er mochte sie nicht genau in der Art und Weise, wie er die Göttin mochte.

»Nicht ganz. Ich mag Menschen generell nicht.« Er zuckte mit den Schultern und schabte dabei an der Rückenlehne seines Sessels entlang, als ob dieses Gefühl verbreitet wäre.

Die hellblauen Augen der anderen, die nicht Mrs. H war, leuchteten auf. »Wie erfrischend, so etwas Ehrliches von jemandem unseres Standes zu hören.«

Unseres. War sie etwa ebenfalls von Adel? Wahrscheinlich sollte er ihren Namen kennen, aber er würde nicht fragen. Es war nicht, dass er nicht den Mut dazu hätte. Er bezweifelte, dass er sich erinnern würde, warum sollte er sich dann also die Mühe machen.

»Warum mögen Sie keine Menschen?«, fragte Mrs. H zögerlich.

Dare war nicht sicher, wie er auf diese Frage antworten sollte oder ob er sie überhaupt beantworten konnte. Also entschied er sich, sie zu ignorieren.

»Sollten Sie als Ladys nicht im Salon sein?«

»Es gibt keine Regel, die das vorschreibt«, erwiderte die andere, die nicht Mrs. H war, lachend. »Wir sind zu einem Spaziergang aufgebrochen.« Sie senkte die Stimme und hatte ein Glitzern in ihren Augen. »Damit wir klatschen können.«

»Über mich.« Sie hatten bereits zugegeben, dass sie über ihn geredet hatten. Die Frau, die nicht Mrs. H war, grinste. »Natürlich!«

Mrs. H schürzte die Lippen, als ein weiterer sorgenvoller Schatten über ihre Züge huschte. »Lady Wetherby war überaus aufgeregt.«

»In der Tat.« Die Frau, die nicht Mrs. H war, rückte mit eifriger Miene näher an ihn heran. »Heißt das, sie werden nicht um Lady Marinas Hand anhalten?«

Obwohl er die Gradlinigkeit der Frau zu schätzen wusste, bedeutete das nicht, dass er zu ihrer Gerüchteküche beitragen würde. »Das ist eine Sache zwischen uns.« Er benutzte sogar einen noch hochmütigeren Ton, für den Fall, dass die Frauen noch kühner würden.

Glücklicherweise war dem nicht so. Enttäuscht stieß sie die Luft aus und zog sich auf ihren Posten neben Mrs. H zurück. »Ich musste fragen.«

»Das mussten Sie eigentlich nicht.« Er schenkte ihr ein halbes Lächeln, womit er sie schockierte, was ihn außerordentlich erfreute. Er hatte das Gefühl, dass es nur wenig gab, was die Frau, die nicht Mrs. H war, überraschte. Er sollte sich wirklich die Mühe machen und ihren Namen in Erfahrung bringen. Oder darauf achten, wer ihr Ehemann war, für den Fall, dass er den Mann kannte, wenn dieser überhaupt anwesend war.

Mrs. H. kicherte leise, was ihre Freundin dazu veranlasste, in ihre Richtung zu blicken und in ihr Lachen einzustimmen. »Das ist viel besser als ein Spaziergang«, bemerkte Mrs. H mit einem vorsichtigen Blick zu Dare.

Er war sich sicher, dass ihr Austausch umgehend in aller Munde sein würde, sobald sie in den Salon zurückgekehrt waren, doch das war ihm einerlei.

»Was ist mit der Schatzsuche, die für morgen geplant ist?«, fragte die andere, die nicht Mrs. H war.

Es sollte eine Schatzsuche geben? Am liebsten würde er Reißaus nehmen, aber er war den ganzen Weg zu dieser Party gekommen und sollte somit auch daran teilnehmen. Auch wenn es seine Nerven strapazierte. »Was ist damit?«

»Es klingt überaus unterhaltsam«, befand Mrs. H mit einem Nicken. »Wir werden in Gruppen eingeteilt. Ich wage zu behaupten, dass Lady Marina und Sie in einer Gruppe zusammen sein werden.«

Darüber herrschte nicht der geringste Zweifel. Er begann sich zu fragen, ob der ganze Zweck dieser Hausparty womöglich darin bestand, Lady Marina und ihn zusammenzubringen. Lady Wetherby war sehr daran gelegen, dass ihre Tochter sich einen Herzog angelte, und Juno trug sicherlich ihren Teil dazu bei, wie auch Lady Cosford. Aber was sollte Dare denn tun, wenn es zwischen ihnen beiden nicht den geringsten Hauch von irgendetwas gab?

Er sollte ihr noch eine Chance einräumen. Beim Dinner hatte er sich von Juno ablenken lassen, was töricht von ihm gewesen war. Juno war keine potenzielle Herzogin – Lady Marina hingegen schon. Sie verdiente seine volle Aufmerksamkeit und sein tadellosestes Verhalten.

Er stand auf und stellte das Buch wieder ins Regal zurück. Dann wandte er sich wieder den beiden Frauen zu und neigte den Kopf. »Ich wünsche Ihnen beiden noch einen schönen Abend.«

Morgen würde er an der nervtötenden Schatzsuche

teilnehmen und sich doppelt so viel Mühe geben, sich mit Lady Marina zu befassen. Hoffentlich würde sie es ihm gleichtun, denn allein konnte er diese Verbindung nicht herstellen.

Konnte er das denn nicht? Er hatte seiner Mutter schon lange gesagt, dass er keine Frau zum Lieben suchte, sondern nur eine vorbildliche Herzogin. Vielleicht sollte er eine Liste mit Fragen über die Führung eines Haushalts und den Pflichten einer Herzogin zusammenstellen und Lady Marina einfach jede einzelne dieser Fragen stellen. Dann wüsste er definitiv, ob sie die Passende für ihn wäre.

Er würde sich sogleich an das Aufstellen der Liste machen, sobald er in seinem Schlafzimmer angekommen war. Wie geordnet und effizient. Es war ganz so, wie er es bevorzugte.

KAPITEL 5

Am folgenden Nachmittag nahm Dare eine Stärkung in Form eines kleinen Glases Brandy zu sich, ehe er in den Salon trat, in dem sich alle für die fade Schatzsuche versammelt hatten. Sein Blick fiel unmittelbar auf Juno und dann auf Lady Marina, die mit gesenktem Kopf neben ihr stand und ihren Blick wie immer auf den Boden gerichtet hielt. Ihre Mutter, Lady Wetherby, war ebenfalls anwesend, aber ihr Blick war nicht auf den Boden gerichtet. Ihr stechender Blick zielte auf Dare, als er eintrat. Fast hätte er sich umgedreht und wäre wieder gegangen.

»Guten Tag, Duke«, begrüßte ihn Lady Cosford mit einem weiteren ihrer schier endlosen Lächelns. »Wie ich höre, haben Sie heute Morgen einen sehr langen Ritt hinter sich gebracht.«

Erstatteten die Bediensteten der Stallungen jetzt über jede seiner Handlungen Bericht? »Ja«, antwortete er schlicht.

»Das freut mich. Cosford meint, Reiten gehöre zu

Ihren Lieblingsbeschäftigungen, und wir freuen uns darüber, dass Ihnen unser Pferdebestand so gut gefällt.«

Diesmal grunzte er nur. Ihr Lächeln verwackelte nicht, was auch nicht in seiner Absicht gelegen hatte. Er hatte nicht die Absicht, mürrisch zu sein. Er war es einfach.

»Wenn Sie mich entschuldigen, ich muss erklären, wie die Schatzsuche vonstattengehen wird.« Sie ging zu der Stelle hinüber, an der ihr Mann in der Nähe des Kamins stand.

Dare machte sich auf den Weg zu dem Trio der Frauen, das er beim Hereinkommen betrachtet hatte. Da er zweifellos mit mindestens einer von ihnen in einer Mannschaft sein würde, konnte er sich ebenso gut gleich in ihre Nähe begeben. Außerdem kam er auf diese Weise in den Genuss von Junos berauschendem Duft.

Lady Cosford referierte über die Schatzsuche, doch Dare schenkte ihr keine Beachtung. Stattdessen ging er im Geiste die Liste der Fragen durch, die er am Vorabend erstellt hatte. Heute würde er entscheiden, ob Lady Marina und er zusammenpassen würden.

»Ich finde es etwas unpassend, dass ich nicht zu eurer Gruppe gehöre.« Lady Wetherbys scharfer Ton unterbrach Dare in seinen Gedanken.

»Ich werde die Anstandsdame geben«, verkündete Juno fröhlich und blickte erst zu Lady Marina und dann zu Dare, der direkt hinter ihr stand, aber auch etwas nah bei Juno.

»Sehr schön.« Die Countess warf Juno einen spitzen, erwartungsvollen Blick zu, bevor sie sich entfernte.

Juno drehte sich zu ihm und Lady Marina um. »Ich bin zuversichtlich, dass wir gewinnen können.«

Dare schätzte das verwegene Funkeln in ihren Augen. »Mögen Sie den Wettstreit, Mrs. Langton?«

Sie zog eine Schulter hoch. »Wenn ich will. Und wenn

es wichtig ist.« Fast unmerklich huschte ihr Blick zu Lady Marina.

Er hatte den Eindruck, dass Lady Marina wichtig war und Juno wollte, dass sie gewann – nicht die Schatzsuche, sondern Dare. Überraschenderweise wollte er Juno bei ihrem Vorhaben unterstützen. Er würde heute sein Bestes für Lady Marina geben. Was immer das auch war.

Lady Cosford trat an sie heran und reichte Juno einen Zettel. »Das ist Ihre Liste mit zehn Gegenständen. Die Mannschaft, die als Erstes mit allen Gegenständen wieder hier eintrifft, gewinnt.«

»Was ist der Preis?«, fragte Dare.

»Die Gewinner dürfen sich die Sitzordnung für eines der verbleibenden Abendessen aussuchen.«

Er öffnete den Mund, um zu entgegnen, dass dies ein erbärmlicher Preis sei, hielt ihn dann aber wieder zu. Sein Blick wanderte zu Juno, die ihm ganz leicht, und möglicherweise zustimmend, zunickte.

Lady Cosford ging weiter, während Juno die Liste studierte. Sie sprach, während ihre Augen über den Zettel in ihren Händen flogen. »Eine Orange. Ich weiß, wo wir ganz leicht eine davon bekommen können. In der Orangerie.«

Dare hatte die Orangerie bei seinen Spaziergängen im Freien von außen gesehen, sie aber bislang noch nicht besucht. »Sollen wir dort anfangen?«

»Ja, tun wir das.« Juno schaute zu Marina. »Würdest du gern einen Blick auf die Liste werfen?«

»Das sollte ich vermutlich.« Die junge Lady nahm die Liste zwischen ihre behandschuhten Finger. »Da ist ein Buch und ich weiß genau, wo es in der Bibliothek steht. Ich kann gehen und es holen, während ihr die Orange holt.«

»Nein, das kannst du nicht«, widersprach Juno eher

hastig. Sie setzte eines ihrer verführerischen Lächeln auf. »Ich glaube, das ist gegen die Regeln.«

Seit wann war aus ihrem irritierenden Lächeln ein verführerisches geworden?

»Tatsächlich?« Lady Marina klang nicht überzeugt.

»Ich nehme an, dass Sie Ihren Nachmittag lieber in der Bibliothek verbringen würden«, meinte er und versuchte dabei … leutselig zu klingen. Wie um alles in der Welt klang man leutselig? Vielleicht sollte er lächeln. Der Gedanke brachte ihn fast zum Fluchen. Er dehnte seinen Mund, aber er brachte es nicht fertig. Sein Ausdruck war wahrscheinlich das Gegenteil von leutselig. Er entspannte seine Züge zu ihrem normalen, nicht lächelnden Zustand.

In Lady Marinas Augen blitzte Überraschung auf. »Ja. Aber wir können die Schatzsuche machen«, fügte sie hinzu.

»Wir können auch einfach nur so tun, als ob«, entgegnete er. »Vielleicht bleiben wir in der Bibliothek hängen.«

Beinahe hätte sie ihn angelächelt und ihre Züge wurden weicher. Sie war sehr hübsch. Er versuchte, sich vorzustellen, mit ihr verheiratet zu sein und damit die Dinge, die sie tun würden, wenn sie verheiratet wären.

Insbesondere die Dinge, die sie im Schlafzimmer tun würden. Doch eine Vision von Juno nahm in seiner Fantasie Gestalt an. Er sah zu ihr hinüber, als es ihn heiß überkam.

Das war für seine Sache *nicht* hilfreich.

Dare rief sich die Liste seiner Fragen in Erinnerung. Wissend, dass Marina Stunden in der Bibliothek verbringen konnte, beantwortete ihm Frage eins: was sie gern zu ihrem Vergnügen tat. »Reiten Sie?«, fragte er und hakte damit die nächste ab.

»Ein bisschen. Ich bin nicht sehr gut.«

»Reiten wird überbewertet«, erklärte Juno. »Machen

wir uns auf den Weg in die Orangerie.« Sie machte den beiden ein Zeichen, ihr aus dem Salon voranzugehen.

Dare fiel leicht zurück, da er lieber neben Juno herlief, um sie über ihren albernen Kommentar zu befragen. »Reiten ist nicht überbewertet. Wahrscheinlich haben Sie es nie richtig gelernt.«

Juno warf ihm einen bösen Blick zu, wobei ihre Lider tief über ihre Augen hingen. »Vielleicht genieße ich andere Aktivtäten einfach mehr.«

»Wir sollten einen Ausritt unternehmen und ich werde Ihnen zeigen, wie aufregend das sein kann.«

»Mit wir meinen Sie doch hoffentlich Lady Marina mit mir als Anstandsdame.«

»Ähm, ja.« Das hatte er überhaupt nicht gemeint.

»Wo wir schon von Lady Marina sprechen. Vielleicht sollten Sie sie einholen. Wahrscheinlich hat sie den halben Weg zur Orangerie bereits hinter sich gebracht.«

»Natürlich.« Darüber irritiert, dass er sich von seinem Ziel hatte ablenken lassen, marschierte Dare aus dem Salon. Er würde seine gesamte Aufmerksamkeit auf Lady Marina richten und sich nicht von dieser Göttin von einer Begleiterin ablenken lassen. Eine Göttin, die kein Interesse für das Reiten aufbrachte. Diese Tatsache hätte ihn enttäuschen sollen. Stattdessen hoffte er auf eine Gelegenheit, sie umzustimmen.

Lady Marina! schrie sein Verstand.

Er lief rasch vor, bis er neben ihr war und dann seine Schritte verlangsamte. Dann kehrte er zu seinem Plan zurück. »Ich habe das Gefühl, dass gesellschaftliche Zusammenkünfte, genau wie für mich, nicht zu Ihren ... Lieblingsbeschäftigungen gehören.« Wie sollte er es sonst formulieren? »Hegen Sie eine gewisse Zurückhaltung darüber, einen Ball zu geben oder eine große Dinnerparty?«

Lady Marina nahm sich einen Augenblick Zeit für ihre Antwort und Dare konnte ihren Ausdruck nicht deuten. »Ich vermute, dass Sie einen Butler oder eine Haushälterin haben, die bei solchen Angelegenheiten helfen? Und auch einen Sekretär.«

»Ich habe alle diese Leute zu meiner Verfügung, und sie sind sehr tüchtig. Allerdings muss eine Herzogin sich bei solchen Veranstaltungen auch wohlfühlen.«

»Ja, ich verstehe. Ich bin sicher, dass ich die Aufgabe übernehmen kann.« Sie klang nicht besonders sicher.

Nun ja, sie hatte recht. Andere könnten den größten Teil der Arbeit erledigen. Sie musste nur charmant sein und hübsch aussehen. Wie oberflächlich das klang. Ganz bestimmt wollte er doch eine Braut, die mehr als das war?

Er sah über seine Schulter, um sich zu vergewissern, dass Juno ihnen folgte. Vielleicht hatte sie vor, Marina und ihn trotz des drohenden Skandals allein zu lassen. Die Göttin war dort und folgte ihnen in einem diskreten Abstand. Sie waren nicht ganz allein, doch sie gewährte ihnen Raum.

Sie erreichten die Tür, die zu dem überdachten Gang zwischen dem Haus und der Orangerie führte.

Er öffnete sie für Lady Marina, die ihm in den frischen Herbstnachmittag voranging.

Es war eine kurze Strecke bis zur Orangerie, wo er die Tür erneut für Lady Marina aufhielt. Drinnen stieg die Temperatur um mehrere Grad. Überall um sie herum spross die Vegetation und die Luft war schwer von der Erde und dem Leben. Er liebte den Duft der Natur, doch dies war anders, vielleicht weil es ein künstlich erschaffener Ort war. Die Dinge wurden hierhergebracht, um in einer kontrollierten Umgebung zu wachsen, anstatt von selbst zu gedeihen – oder nicht.

Lady Marina war bereits auf dem Weg zu den Orangenbäumen, die in ihren großen Töpfen hereingeholt worden waren. Von hier aus konnte er keine einzige Orange sehen und fragte sich, ob dies eine fruchtlose Bemühung sein würde.

Fruchtlos.

»Lächeln Sie?«

Als er sich umdrehte, stellte er fest, dass Juno direkt in der Tür stand und ihn anstarrte, als ob er einen zweiten Kopf besäße. Sein Puls beschleunigte sich und sein Magen ballte sich zu einem Knoten. Das Gefühl war eine Erinnerung an die Zeit, als die Köchin ihn beim Stibitzen eines Kekses erwischt hatte, als er gerade einmal sechs war.

»Nein.«

»Doch, das haben Sie.« Sie sah ihn aus schmalen Augen an. »Warum wollen Sie nicht, dass ich Sie lächeln sehe?«

»Ich kann keine Orangen entdecken.« Er hatte angefangen, auf die Bäume zuzugehen, in der Hoffnung, sie würde das Thema fallenlassen, ob er nun lächelte oder nicht. Ja, er hatte verdammt nochmal gelächelt.

Sie eilte an seine Seite. »Sie sind ein sehr merkwürdiger Mann.«

Er blieb still, bis sie das andere Ende des Gebäudes erreicht hatten. »Finden Sie welche?«

Lady Marina befand sich auf der anderen Seite der Baumgruppe. Sie schaute hinter einem der Bäume hervor. »Noch nicht. Oh, Moment. Hier ist eine.« Sie trat hinter einen anderen Baum und dann kam sie mit einer Orange in der Hand wieder hervor. »Was soll ich damit tun?«

Juno hielt ihr einen Korb hin. »Leg sie einfach hier hinein.«

Lady Marina ließ die Orange in den Korb rollen. »Jetzt in die Bibliothek.« Sie drehte sich um und schritt zielstrebig auf die Tür zu.

Dare sah ihr stirnrunzelnd nach. »Hat sie es eilig, in die Bibliothek zu kommen, um mir auszuweichen?«

»Ist etwas passiert?«, fragte die Göttin scharf.

»Nein, ich habe nur nicht das Gefühl, dass sie mich mag.«

»Sie kennt Sie nicht.«

»Ich versuche, ihr Interesse zu wecken. Da ist einfach kein …« Er war im Begriff gewesen, Anziehung zu sagen, doch dann entschied er, dass das nicht angemessen wäre.

»Kein was?«

»Keine Verbindung.«

Sie verzog das Gesicht. »Sie brauchen Zeit, um sie zu entwickeln. Eine sofortige … Verbindung ist sehr selten.«

»Sprechen Sie aus Erfahrung. Gab es einmal einen Mr. Langton?«

»Ja, den gab es. Allerdings spielt meine Erfahrung keine Rolle«, meinte sie gebieterisch und verdammt sollte er sein, wenn er nicht schon wieder beinahe gelächelt hätte. Offenbar fand er Gefallen daran sie zu provozieren. Das war fast ebenso überraschend wie sein Lächeln.

»Geben Sie der Sache einfach etwas Zeit«, wiederholte sie. »Es sind erst ein paar Tage vergangen.«

»Ich glaube nicht, dass Zeit etwas an dieser Situation ändern wird.« Da war keine Verbindung und keine Anziehung. Nichts, was ihn zu Lady Marina hingezogen hätte – oder sie zu ihm – wenn man von dem Drängen derjenigen absah, die sie zusammenbringen wollten. Dahingegen provozierte die Göttin vor ihm eine extreme Anziehung. Aber das konnte er nicht sagen.

Warum konnte er das nicht? Seit wann zensierte er sich selbst?

»Die Situation muss sich nicht ändern«, sagte sie eisig. »Sie müssen das.«

»Ich?«

»Sie sind unmöglich und verstockt. Ich glaube nicht, dass Sie es in sich haben, eine Frau zu animieren, Sie zu heiraten.«

»Sie glauben nicht, dass Lady Marina dabei eine Rolle spielt? Sie ist an dieser Verbindung vielleicht sogar weniger interessiert als ich. Zumindest versuche ich, sie in eine Unterhaltung zu verwickeln. Sie benimmt sich, als ob ich ihr ein Gräuel wäre.«

»Also ist es ihr Fehler, dass Sie ein ausgemachter Flegel sind?«

Er zuckte zusammen und es missfiel ihm, dass die Göttin so eine schlechte Meinung von ihm hatte.

Sie sah ihn mit hochgezogener Augenbraue an und stemmte die Hand in die Hüfte. »Vielleicht fühlen Sie keine Verbinddung zu Marina, weil Sie unfähig sind, dies für irgendjemanden zu empfinden. Haben Sie das einmal überlegt?«

»Das muss ich nicht«, entgegnete er leise. »Ich fühle eine Verbindung mit jemandem. In Wirklichkeit macht sie mich mit ihrem frechen Lächeln und ihrer forschen Art verrückt. Ich möchte jede Einzelheit über sie erfahren, selbst wenn ich das nicht sollte. Mehr als alles andere möchte ich sie küssen und herausfinden, ob sie so köstlich schmeckt, wie ich mir vorstelle.«

Während er sprach, wurden Junos verengte Augen mit einem Mal ganz rund. Ihr Gesicht wurde immer blasser, bis es die Farbe von feinem Knochenporzellan aufwies. »Sie können nicht ... *mich* meinen?«

Er bewegte sich auf sie zu, und sein Puls raste, während sein Körper vor Verlangen vibrierte. »Ich kann, und genau das tue ich.«

KAPITEL 6

Juno erstarrte, als der Herzog in den freien Raum unmittelbar vor ihr eindrang – es war für einen Gentleman viel zu dicht. Sie sollte den Korb, den sie hielt, zwischen sie beide nehmen, doch das tat sie nicht. Denn ihr Herz klopfte wie wild, und ihr Atem wurde immer schneller.

Er wollte sie küssen. Das hatte sie nicht bedacht. Nicht, weil sie ihn nicht attraktiv fand. Sie hatte sich lediglich nicht gestattet, in dieser Weise an ihn zu denken. Doch nun konnte sie an *nichts anderes* mehr denken. Seine Lippen auf den ihren, seine Hände, die sie berührten ...

Sie schüttelte den Kopf. »Das wäre schlecht.«

Er hielt seine Bewegung an und eine seiner dunklen Brauen schoss in die Höhe. »Schlecht?«

»Sie müssen meinem Schützling den Hof machen – Lady Marina. Sie sollten sie zu Ihrer Herzogin machen.«

»Ich habe Ihnen bereits meine Zweifel erläutert, dass diese Verbindung für uns beide akzeptabel ist«, entgegnete er geduldig.

Er schien vollkommen entspannt, während sie sich

sorgte, ob sie überhaupt noch zu Atem kommen würde. Er war ein im höchsten Maße frustrierender Mann!

Vom anderen Ende der Orangerie erklang das Geräusch einer sich öffnenden Tür und Stimmengewirr. Die beiden wendeten die Köpfe in diese Richtung, ehe sie einander anblickten.

»Ich dachte, ich hätte in der Ecke noch eine Tür erspäht«, raunte er und ging zügig an den Orangenbäumen vorbei.

Sie folgte ihm und umklammerte den Korb dabei mit beiden Händen. Zum Glück *gab* es eine Tür, denn die Stimmen kamen immer näher.

Er öffnete sie, und leider handelte es sich aber nur um eine kleine Kammer für Gartengeräte. »Gehen wir hinein oder erklären wir den Ankömmlingen, warum wir hier sind und Lady Marina nicht?«

Juno fluchte vor sich hin und trat hastig vor ihm in den Schrank. Er trat hinter ihr ein und schloss die Tür.

Es wurde nicht dunkel, denn gegenüber der Tür befand sich ein Fenster an der Wand. Sie hielt den Korb vor sich, der einen traurigen Schild zwischen ihnen beiden bildete. Einen Schutzschild? Das war nötig, dachte sie. Er hatte gesagt, er wolle sie küssen. Und sie war nicht abgeneigt. Der Gedanke hatte sich sogar tief in ihr verwurzelt.

Sie zwang sich, der Unterhaltung außerhalb des Schranks zu lauschen. Diese Gruppe war ebenfalls auf der Suche nach einer Orange. Hoffentlich würden sie bald fündig und würden sich wieder auf den Weg machen.

Juno ließ ihren Blick zu ihm schweifen. Seine dunklen Augen waren auf sie gerichtet, wovon ihr ganz heiß wurde. Plötzlich war es sehr warm in der kleinen Kammer. Sie presste eine Hand an ihre Wange und ließ den Korb locker an ihrer anderen Hand hängen.

Draußen wurden die Stimmen wieder leiser, als ob die Sprecher ins Haus zurückkehrten.

»Ich habe es mit Lady Marina versucht«, raunte der Herzog leise. »Was auch immer Sie von mir denken, ich habe es versucht. Ich weiß, dass ich nicht der charmanteste aller Gentlemen bin.« Sein Mund verzog sich zu einem kleinen, selbstironischen Lächeln, das sie vollständig dahinschmelzen ließ.

Er *war* ein attraktiver Mann, aber mit einem Lächeln war er absolut fabelhaft. Es gelang ihr nicht, den Blick abzuwenden.

Das Lächeln begann zu verblassen. »Was?«

»Sie haben es wieder getan«, flüsterte sie. »Gelächelt. Warum?«

»Weil Sie hier sind.«

»Ach, Unsinn.« Sie ließ den Korb los und fasste ihn am Revers seines Fracks, um ihn näher zu sich heranzuziehen. Nicht dass er viel Ermunterung gebraucht hätte.

Er schloss seine Arme um sie und küsste sie. Es war nicht zärtlich oder zaghaft, und es war ganz sicher nicht steif. Seine Lippen waren weich, aber fest, und er beherrschte die ihren, als er sie Brust an Brust an sich zog und ihre Hitze aufeinandertraf.

Dann legte er den Kopf schief, während er seine Zunge in ihren Mund drängte. Sie genoss seine Leidenschaft, selbst wenn sie davon schockiert war. Sie umklammerte seinen Nacken und seine Schultern und küsste ihn mit Dringlichkeit und Leidenschaft.

Der Druck seines Körpers führte eine köstliche Reibung herbei, aber sie wollte mehr. Sie kreiste mit den Hüften und bog sich ihm entgegen. Er war *eindeutig* der steife Herzog.

O Gott, was tat sie da?

Juno riss sich von ihm los und atmete schwer, während

sie darum kämpfte, wieder zu Sinnen zu kommen. »Das hätte ich nicht tun sollen«, murmelte sie.

Er starrte sie an, und sein Blick war dunkel und hungrig. »Es hat mich nicht gestört. Ich habe dir gesagt, dass ich dich küssen will.«

»Das heißt aber nicht, dass wir das hätten tun sollen.« Juno bedauerte solche Dinge nie. Ihre Unabhängigkeit bescherte ihr die Freiheit, sich auf Affären einzulassen, mit wem auch immer sie wollte – und normalerweise war sie äußerst wählerisch. Der Herzog hatte sie jedoch überrumpelt, und wenn sie nicht achtgab würde er sie mit sich fortreißen. So wie ihr Mann das getan hatte.

Sie wollte keinen Ehemann. Und schon gar keinen wie Bernard.

Sie schnappte sich den Korb und verließ ohne ein Wort eilends die Kammer.

Er folgte ihr. »Zur Bibliothek also?«

Sollten sie die Schatzsuche einfach so fortsetzen, als wäre nichts geschehen? Sie blieb stehen und schaute ihn an, doch die von ihr geplante Antwort verpuffte irgendwo zwischen ihrem Gehirn und ihrem Mund. Letzterer war vollkommen trocken geworden, als sie den Blick auf ihn richtete. Nein, es war die Art und Weise, wie er sie ansah – als ob er sie ganz verschlingen wollte. Sie pochte innerlich vor Verlangen.

Was sollten sie tun? Es war schon schlimm genug, dass Marina sich wahrscheinlich ohne Begleitung in der Bibliothek aufhielt. Vielleicht waren die anderen, die gerade die Orangerie verlassen hatten, ebenfalls dort und fragten sich, warum Junos Schützling allein war.

Sie stöhnte. »Sie haben einen schrecklichen Einfluss. Besitzen Sie keine guten Qualitäten?« Die besaß er tatsächlich. In der Tat war er ein sehr, sehr guter Küsser.

»Antworte nicht darauf«, sagte sie mehr zu sich selbst als zu ihm.

Dann schwang sie herum und marschierte von der Orangerie ins Haus. Er hielt leicht mit ihr Schritt, doch er war zuvorkommend genug, hinter ihr zu gehen. Zumindest dachte sie, dass er zuvorkommend war. Aber vielleicht rechnete sie es ihm zu hoch an. Schließlich hatte er sie geküsst.

Nein, sie hatte ihn geküsst. Den Mann, der ihren Schützling heiraten sollte, und deren Verbindung eine schöne Stange Geld für sie einbringen würde.

Als sie die Bibliothek erreichten, fischte sie die Liste mit den Gegenständen aus ihrer Tasche und überflog sie schnell. Marina hatte vermutlich das Buch bereits gefunden, dass sie brauchten, und sie würden sich dem nächsten Objekt, einer Eichel zuwenden. In der Nähe des Hauses musste es einen Eichenbaum geben.

»Sie ist nicht hier«, stellte der Herzog schlicht fest.

Juno sah von dem Zettel auf und fand seinen Blick noch immer verstörend. »Was?« Sie sah sich in der Bibliothek um und war entsetzt, dass sie allein waren.

»Sie ist nicht hier«, wiederholte er. »Glauben Sie, dass sie mit der Suche weitergemacht hat?«

»Das ist möglich.« Juno hatte ihr die Liste gezeigt. »Der nächste Gegenstand ist eine Eichel.«

»Es gibt einen spektakulären Eichenbaum beim Rosengarten.« Er trat an das Fenster und zeigte nach draußen. »Dort.«

Juno stellte sich zu ihm und schaute hinaus. »Dort ist sie auch nicht.«

»Darf ich die Liste sehen?«, fragte er freundlich.

Sie überreichte ihm das Papier und verrenkte sich dann den Nacken, um mehr im Freien erkennen zu können.

Er reichte ihr die Liste zurück. »Vielleich ist sie im

Musikraum. Nach der Eichel ist ein Musikstück aufgelistet.«

»Glauben Sie, sie hat das Buch genommen. Juno blickte wieder auf den Zettel und dann las sie den Titel laut vor. »Wo würden wir diesen Titel finden?«

»Dort drüben, glaube ich.« Er lenkte seine Schritte zu einem Bücherregal in der Nähe der Ecke und ließ den Blick über die Buchrücken schweifen. »Es ist nicht hier. Sie muss es bereits gefunden haben.«

Wäre sie dann nicht in die Orangerie zurückgekehrt? Oder hätte sie einfach weitergemacht. Juno hatte das dumpfe Gefühl, dass Marina das Spiel ganz verlassen hatte.

»Gehen wir in den Musikraum«, schlug Juno vor und drehte sich zur Tür, ohne ihm eine Chance zu geben, sie zurückzuhalten. Oder sie noch einmal zu küssen.

Nein, du hast ihn geküsst.

»Haben Sie gerade geknurrt?«, fragte er von hinten.

»Nein«, log sie.

»Nun, ich dachte, ich wäre der Einzige, der so etwas tut.«

»Lächeln Sie schon wieder?«, fragte sie, ohne sich umzudrehen. Er klang, als ob er lächelte.

»Vielleicht.« Jetzt klang er, als ob er grinsen würde.

Oh, dies war ein Desaster.

Sie kamen beim Musikzimmer an, doch hier war Marina auch nicht. Doch das Musikstück, das sie brauchten, befand sich dort.

Es schien sehr wahrscheinlich, dass Junos Verdacht zutreffend war. Sie stieß die Luft aus. »Ich denke, Lady Marina könnte die Schatzsuche im Stich gelassen haben. Sie werden nun ohne uns weitermachen müssen – oder nicht. Ich muss nach oben und sehen, ob sie sich in unser Zimmer zurückgezogen hat.« Sie legte die Liste in den Korb und übergab ihm das Ganze.

»Ich werde weitermachen. Wie werden Sie mich finden?«

»Ich habe mir die Liste eingeprägt. Obwohl ich bezweifle, dass wir irgendeine Chance haben, zu gewinnen.«

Eine seiner unbeschreiblich dunklen Augenbrauen hob sich. »Die Planung der Sitzordnung beim Dinner war so wichtig für Sie?«

Sie hätte beinahe gekichert. »Sie haben tatsächlich einen Sinn für Humor.«

»Er ist eher trocken. Was einige nicht zu schätzen wissen.«

Nun, ich tue das. Sie presste die Lippen zusammen, damit sie nicht noch etwas sagte, was sie bereuen würde.

Ohne ein weiteres Wort rauschte sie aus dem Musikzimmer und machte sich eilig auf den Weg zu dem Schlafzimmer, das sie mit Marina teilte. Wie erwartet, saß die junge Frau in einem Sessel beim Kamin und hatte ihren Kopf über ein Buch gebeugt.

»Ist dies das Buch von unserer Liste?«, fragte Juno strahlend, in der Hoffnung, dass Marina nur abgelenkt gewesen war. Marina schaute auf und ihre Wangen waren rosa dabei. »Ja, in der Tat. Ich wollte es lesen.«

»Bist du sicher, dass du nicht einfach nur vermeiden wolltest, weiterzumachen?«

Das Rosa wurde intensiver. »Du kennst mich zu gut«, murmelte sie. »Ich habe versucht, in der Bibliothek auf euch zu warten, aber ihr habt so lange gebraucht, dass ich gedacht hatte, du und der Herzog wärt vielleicht irgendwo anders hingegangen. Es schien, als sollte ich mich zurückziehen, und ja, das wollte ich.« Sie blickte auf das Buch in ihrem Schoß hinab.

»Es ist in Ordnung. Wir sind in der Orangerie durch

andere Gäste aufgehalten worden.« Und durch Küssen. Schuldgefühle plagten Juno.

Marina sah zu Juno auf und in ihren Augen glitzerten ungeweinte Tränen. »Ich mag den Herzog einfach nicht. Es ist nicht seine Schuld. Er hat versucht, nett zu sein, obwohl er nicht gewollt hatte. Es ist offensichtlich, dass er mich auch nicht mag.«

Juno zerriss es das Herz, als sie sich in den Sessel gegenüber von Marinas setzte. »Bitte fühle dich nicht schlecht deshalb. Ich kann nicht zustimmen, dass er dich nicht mag. Er hat nur versucht, dich kennenzulernen. Er besitzt eine ruppige Natur. So wie deine zaghaft ist. Ich denke, ihr würdet euch mit der Zeit mögen. Tatsächlich hat der Herzog mich erst vor kurzem mit einem Sinn für Humor überrascht.«

»Ich kann überhaupt keine Möglichkeit erkennen, wie wir zusammenpassen könnten«, meinte Marina mit einer überraschenden Schärfe. »Ich weiß, dass es Mama enttäuschen wird – und dich.«

»Ich könnte niemals von dir enttäuscht sein.« Juno verspürte einen Stich des Versagens. Lady Wetherby war sehr beharrlich darin, dass ihre Tochter den Herzog heiratete. Würde sie versuchen, sie dazu zu zwingen, wenn der Herzog entschied, ihr einen Heiratsantrag zu machen? Zog der Herzog dies auch nur in Erwägung, nachdem er Juno in der Orangerie geküsst hatte?

Glaubst du etwa, er würde überlegen, dich zu heiraten? Du willst dich noch nicht einmal neu vermählen.

Nein, das wollte sie nicht. Je eher sie diese unselige Begegnung in der Orangerie aus ihren Gedanken verbannte umso besser. Selbst so wusste sie, dass diese Heirat nicht stattfinden würde – das hatte sie schon gewusst, bevor sie ihn geküsst hatte.

Die Tür wurde aufgerissen und ließ sowohl Juno und

Marina vor Schreck aufspringen. Lady Wetherby stand im Türrahmen und ihre ganze Person strahlte Wut aus.

Das war schlecht.

Die Countess trat ein und schloss die Tür mit mehr Wucht, als notwendig gewesen wäre. Ihr Blick landete auf Marina und schweifte dann zu Juno, die auf ihren wackligen Beinen stand.

»Stimmt etwas nicht?«, brachte Juno unter Mühe hervor, obwohl die Frage lächerlich war, da ganz *eindeutig* etwas nicht in Ordnung war.

»Der Herzog hat mir gerade eröffnet, dass er nicht um Marinas Hand anhalten will.« Sie warf ihrer Tochter einen giftigen Blick zu. »Er sagte, du seist nicht passend.«

Marina antwortete nichts, aber sie senkte den Blick zu ihrem Buch. Juno konnte sehen, wie die Schultern der jungen Frau bebten.

»Er hat auch gesagt, dass du ihm zugestimmt hättest«, brachte die Countess mit zusammengebissenen Zähnen hervor. »Stimmt das?«

Ein undeutliches Murmeln kam Marina über die Lippen.

»Was ist? Sprich, Mädchen!«

»Das sagte sie«, antwortete Juno. »Ich hatte nach der Schatzsuche mit Ihnen reden wollen. Sie haben es beide versucht, aber ich fürchte, sie sind beide übereingekommen, dass die Verbindung für keinen von ihnen beiden von Vorteil wäre.« Die Flunkerei kam ihr leicht über die Lippen, als sie versuchte, die Wogen in dieser Situation so gut zu glätten, wie sie konnte.

»Kein Vorteil für sie?«, kreischte die Countess. »Einen Herzog zu heiraten, soll kein Vorteil für meine Tochter sein! Sie muss etwas getan haben, um ihn zu vertreiben. Aber es hilft nichts. Dies ist ein kompletter Fehlschlag.« Lady Wetherbys wutentbrannter Blick landete auf Juno.

»*Sie* sind ein kompletter Fehlschlag. Ihre Anstellung ist mit sofortiger Wirkung gekündigt.«

»Nein, Mama!« Das Buch fest an ihre Brust gepresst sprang Marina auf ihre Füße.

Die Countess schürzte die Lippen. »Und du hast ein Buch. Du solltest doch keine Bücher haben.«

»Es war Teil der Schatzsuche«, entgegnete Juno, deren eigene Wut aufstieg. »Marina hat nichts falsch gemacht. Der Herzog ist ein mürrischer, unfreundlicher Gentleman. Marina hat einen lebenslänglichen Kummer vermieden.«

Lady Wetherby sog die Luft ein. »Sie wäre Herzogin geworden. Das ist zumindest ein Mindestmaß an Kummer wert.« Sie streckte ihre Hand aus. »Gib mir das Buch. Wir werden gleich morgen früh abreisen. Und wir dinieren auf unseren Zimmern.«

Marina überreichte ihrer Mutter das Buch und warf ihr einen rebellischen Blick zu.

»Undankbares Gör«, murmelte Lady Wetherby. »Am Ende wirst du mit dem Schuldirektor verheiratet werden, wenn du dich nicht zusammenreißen kannst.« Sie wandte ihre Aufmerksamkeit Juno zu. »Sie werden natürlich nicht mit uns nach Hause zurückkehren. Es ist Ihnen überlassen, zu gehen, wohin auch immer Sie wünschen. Ich werde Ihre persönlichen Dinge zu Ihrer Residenz in Bath schicken lassen. Eine Referenz werde ich Ihnen nicht zukommen lassen. Tatsächlich, wenn ich gefragt werde, kann ich Sie *überhaupt nicht* empfehlen.« Sie schnalzte mit der Zunge. »Es ist so enttäuschend, da Sie so hochgelobt worden sind.«

Mit einem letzten bösen Blick auf die beiden jungen Frauen machte die Countess auf dem Absatz kehrt und ging hinaus.

»Oh, Juno, es tut mir so leid.« Marinas Stimme geriet ins Stocken, und sie bedeckte ihr Gesicht mit den Händen.

Juno legte der jüngeren Frau den Arm um die Schultern. »Weine nicht wegen mir. Ich komme schon zurecht. Wirklich.« Hoffentlich wäre Lady Cosford bereit, ihr eine Kutsche für die Rückfahrt nach Bath zu borgen. Das war allerdings die geringste ihrer Sorgen. Viel beunruhigender war die Frage, inwiefern sich Lady Wetherbys Rage auf Junos Zukunftsaussichten auswirken würde.

Ebenso belastend war Lady Wetherbys Zorn auf die arme Marina und die Folgen, die er für ihren Schützling haben könnte. Juno wünschte, sie könnte die junge Frau mitnehmen. Dann würde es ihr besser ergehen. Sie könnte nach Herzenslust lesen und niemand würde sie zu einer Heirat mit irgendjemandem drängen.

»Es tut mir leid, dass deine Mutter dich nicht versteht«, meinte Juno sanft. »Sieh es von der positiven Seite. Wenigstens musst du jetzt nicht jemanden heiraten, den du nicht magst.«

»Vorerst«, konterte Marina verbittert. »Sie wird einen anderen finden, der womöglich noch abscheulicher ist.«

»Du fandest den Herzog nicht wirklich abscheulich, oder?« Juno betrachtet ihn als das genaue Gegenteil. Nicht, dass es wichtig war. Morgen würde sie die Hausparty verlassen und hoffentlich eine neue Anstellung finden. Wenn sie schnell handelte, könnte sie sich einen Posten sichern, ehe Lady Wetherby die Gelegenheit hatte, ihren Charakter zu verunglimpfen.

Marina umarmte sie fest und überraschte Juno damit. »Ich werde dich furchtbar vermissen.«

»Du hast mich noch nicht zum letzten Mal gesehen«, entgegnete Juno lächelnd. »Ich werde einen Weg finden, dir zu helfen – wenn du das willst.«

»Das ist sehr nett von dir.« Marina wich zurück und wischte sich mit der Hand über die Augen. »Du bist die gütigste Person, die ich je kennengelernt habe. Und die tapferste. Ich wünschte, ich könnte sein wie du. Ich werde danach streben. Angefangen damit, meiner Mutter zu sagen, dass ich mich weigere, eine weitere Saison auszuhalten – zumindest nicht in diesem Jahr. Mutter sollte ihre Aufmerksamkeit auf Rebecca richten.« Marinas jüngere Schwester war siebzehn und könnte eventuell ihr Debut haben.

»Vielleicht flüchte ich nach Schottland oder Oxford. Ja, nach Oxford, wo ich mich als Mann verkleiden und in die Vorlesungen stehlen kann.«

Juno lachte und fühlte sich ein wenig besser, ihren Schützling verlassen zu müssen. Sie hatte es so lange mit ihrer Mutter ausgehalten und würde sich schon noch durchsetzen. Nicht, dass Juno in dieser Sache eine Wahl gehabt hätte.

Marina stieß die Luft aus und verschränkte die Hände ineinander. »Es geht mir schon viel besser. Wie du bereits sagtest, muss ich wenigstens nicht den abscheulichen Herzog heiraten.«

»Ich habe ihn eigentlich den verstockten Herzog genannt«, meinte Juno ironisch und entlockte Marina damit eines seltenen Kicherns.

»Das passt perfekt zu ihm.«

Das hatte Juno auch gedacht, aber nach ihrer leidenschaftlichen Begegnung in der Orangerie war sie sich da keineswegs mehr so sicher. Noch würde sie es herausfinden.

Und das hinterließ einen Stich der Enttäuschung.

KAPITEL 7

Nachdem sie in ihrem Zimmer diniert hatte – ohne Marina, die mit ihrer Mutter im Zimmer der Countess hatte speisen müssen –, stahl Juno sich aus ihrem Zimmer, um sich ein Glas Brandy oder Portwein oder was immer sie auftreiben konnte, zu genehmigen. Zu ihrer Freude entdeckte sie, dass im oberen Wohnzimmer eine Flasche Madeira mit mehreren Gläsern bereitstand. Juno schenkte eine kleine Portion ein und setzte sich auf einen Stuhl, um über ihren nächsten Schritt nachzudenken.

Cecilia schlenderte an der offenen Tür vorbei, und Juno rief ihr zu. »Möchten Sie sich zu mir setzen?«

»Gerne, danke.« Cecilia schenkte sich ein Glas Madeira ein, ehe sie sich in einen Sessel neben Juno setzte. »Man hat Sie beim Abendessen vermisst, ebenso wie Lady Wetherby und Lady Marina.«

»Sind dann alle im Bilde darüber, dass sie abreisen werden?«, fragte Juno.

»Ja. Und zwar nur sie?«, fragte Cecilia. »Das hat Lady Wetherby dem Butler mitgeteilt.«

»Das ist korrekt. Ich werde die beiden nicht begleiten, da ich nicht mehr in Lady Wetherbys Diensten stehe.« Juno schürzte die Lippen und nippte an ihrem Wein.

Cecilia runzelte die Stirn. »Es tut mir sehr leid, das zu hören. Es war nicht Ihre Schuld, dass die beiden nicht harmoniert haben.«

»Ich bezweifle, dass Sie Lady Wetherby von diesem Umstand überzeugen können«, entgegnete Juno sarkastisch. »Sie hat mich ohne eine Empfehlung aus ihren Diensten entlassen. Ich fürchte, ich muss Sie bitten, mich nach Wolverhampton chauffieren zu lassen, damit ich von dort eine Kutsche nach Bath nehmen kann.«

Cecilia winkte ab und schenkte ihr ein herzliches Lächeln. »Unsinn, Sie müssen für den Rest der Party bleiben. Anschließend schicke ich Sie mit einer unserer Kutschen nach Bath.«

»Das ist ungemein zuvorkommend von Ihnen, aber ich kann Ihnen nicht zur Last fallen.«

»Es ist keine Last. Außerdem empfehle ich Sie mit Freuden weiter. Wie gesagt, ist es nicht ihre Schuld. Manche Menschen sind einfach nicht füreinander bestimmt.«

»Das ist auch meine Ansicht, aber ich werde trotzdem das Gefühl nicht los, dass wir in unseren Bemühungen versagt haben.« Juno schaute stirnrunzelnd auf ihren Madeira, ehe sie einen weiteren Schluck trank.

»Vielleicht hätten wir das einfach voraussehen müssen«, lamentierte Cecilia. »Es war einfach nichts zwischen ihnen, nicht einmal ein Samenkorn der Neugierde.«

»Viele Leute heiraten, ohne auch nur ein einziges Mal eine nennenswerte Zeitspanne miteinander verbracht zu haben.« Juno schüttelte den Kopf. »Was schrecklich ist. Ich gebe zu, ich bin für Marina nicht enttäuscht. Sie hat ihn nicht gemocht.«

»Hat sie ihm überhaupt eine Chance gegeben?« Cecilia blinzelte. »Das spielt jetzt keine Rolle.«

Juno zog eine Grimasse. »Ich bin mir nicht ganz sicher, ob sie das getan hat. Der Herzog schien es zumindest heute versucht zu haben.« Bis Juno mit ihrem Kuss alles ruiniert hatte. Hatte sie ihn ermuntert, das Gespräch mit Lady Wetherby zu suchen? Hatte ihr impulsives Verhalten sie diese Stellung gekostet? Natürlich war dem so. Sie war reichlich wütend auf sich selbst.

»Er muss zu dem Urteil gelangt sein, dass die Sache aussichtslos ist«, fuhr Cecilia fort. »Wie ich höre, hat er der Countess ausdrücklich mitgeteilt, dass er nicht um Lady Marinas Hand anhalten werde.«

Juno, die innerlich zusammenzuckte, entgegnete darauf: »Ja, das ist genau, was er getan hat.«

»Vielleicht ist Lady Marina auf diese Weise besser dran«, mutmaßte Cecilia. »Der Herzog ist so verstockt und auch hochnäsig.«

»Ich hatte Zweifel, ob die beiden glücklich werden würden«, gab Juno zu. »Tatsächlich könnte mir die Frau leidtun, die seine Herzogin wird.«

»Beim Dinner heute Abend hat er entspannter gewirkt.«

Juno setzte sich interessiert auf. »Tatsächlich?«

Cecilia nickte. »Er hat tatsächlich mit allen Gästen in seiner Nähe gesprochen und sich während der gesamten Mahlzeit beteiligt. Sein Benehmen war weit von seinem Auftritt am Vorabend entfernt, als er abrupt gegangen war.«

In der Tat. »Wie außerordentlich.«

»Er zuckte noch nicht einmal zusammen, als Lady

Bentham ihn fragte, ob er nun daran dachte, abzureisen, da seine angehende Braut in aller Frühe aufbrechen würde.«

Juno unterdrückte ein Kichern und presste kurz die Hand auf ihre Lippen. »Meine Güte, was hat er denn geantwortet?«

»Seine Antwort hatte aus einem knappen ›Nein‹ bestanden. Ich habe mich gefragt, ob sein Verhalten von heute Abend ein weiterer Beweis dafür ist, dass die Verbindung nicht funktioniert hätte. Ohne den Druck, eine Entscheidung treffen zu müssen, ob er und Lady Marina zusammenpassen, konnte er mehr von seinem wahren Ich offenbaren.«

Juno schnaubte. »Daran habe ich meine Zweifel. Er ist viel zu verschlossen, um das zuzulassen. Ich bin nur über seinen Wunsch schockiert, hierzubleiben, weil er doch eigentlich Hauspartys hasst. Was könnte ihn denn hier halten?« Sie legte den Kopf schief. »Vielleicht ist es Ihr guter Stall. Er scheint seine morgendlichen Ausritte zu genießen.«

»Sie haben den Herzog recht gut kennengelernt. Was wahrscheinlich auf Ihre Bemühungen zurückzuführen ist, ihn mit Lady Marina zu verkuppeln.«

»Ja.«

Oder war es etwas anderes?

»Ich wünschte, Sie würden auch bleiben«, meinte Cecilia. »Warum genießen Sie die Hausparty nicht als Gast?«

»Ich bin mir nicht sicher, ob Ihre anderen Gäste das gutheißen würden. Ich bin nicht ...«

Cecilia hob ihre Hand. »Sagen Sie nicht, Sie würden nicht zu uns gehören. Ich weiß, dass Ihr Großvater ein Baron war. Ein Baron *ist*. Ich glaube, er atmet noch.«

»Sie sind erschreckend gut informiert«, entgegnete Juno gutmütig.

»Meine Mutter hat dafür gesorgt, dass ich den *DeBrett's*

auswendig kann. Es ist also abgemacht. Sie werden bleiben.« Cecilia hatte sie gar nicht um ihre Meinung gefragt und wahrscheinlich würde sie Junos Ablehnung ohnehin nicht akzeptieren.

»Ich sollte nicht.«

»Aber Sie werden bleiben, da wir jetzt gute Freundinnen sind, und ich wäre sehr traurig, wenn Sie abreisen würden.« Sie wollte einen Schmollmund ziehen, doch stattdessen musste sie grinsen.

Schließlich entschlüpfte Juno ein Kichern, bevor sie die Finger an die Lippen drücken konnte. »Also schön. Ich bleibe. Aber ich wette, dass der Herzog am Ende doch abreisen wird. Noch mal: Welchen Anlass könnte er denn haben, hierzubleiben?«

Cecilia zuckte mit den Schultern. »Wie Sie gesagt haben, ist er unserem Pferdebestand sehr zugetan. Was auch immer der Grund sein mag, hat in Blickton offensichtlich irgendetwas seine Aufmerksamkeit erregt.«

~

Dare lehnte an der Wand gleich neben dem Zimmer, das Juno mit Lady Marina teilte, und verschränkte die Arme. Vielleicht sollte er die ganze Nacht hier stehen bleiben, damit er Juno am Morgen vor ihrer Abreise erwischte. Er konnte sie einfach nicht gehen lassen, ohne sie noch einmal zu sehen.

Und was würde seiner Erwartung nach dann passieren?

Seine frühere angehende Braut, Lady Marina, könnte durchaus als Erste herauskommen, und was sollte er dann sagen? »Verzeihung, aber ich muss mit Ihrer Begleiterin sprechen.«

Er ließ die Arme sinken und verzog das Gesicht, weil er sich allein bei dem Gedanken daran unbehaglich fühlte.

Wenn das tatsächlich geschehen sollte, würde er wahrscheinlich aus der Haut fahren.

Was wollte er dann hier?

Er konnte sich nicht durchringen, einfach zu gehen. Falls er ging, würde er Juno wahrscheinlich nie wiedersehen.

Was würde er tun, wenn er sie sähe?

Er hatte keinen verdammten Schimmer. Er atmete schwer aus und stieß sich von der Wand ab. Doch ehe er sich umdrehen und davongehen konnte, erblickte er sie. Sie kam direkt auf ihn zu.

In einem schlichten, aber eleganten Kleid aus dunklem Rosa und blassem Grün, das blonde Haar exquisit frisiert, sah sie wie ein zuckersüßes Konfekt aus. Sicherlich war sie köstlich genug, um sie zu vernaschen.

Sie schritt an ihrer Tür vorbei und wurde langsamer, als sie sich ihm näherte. »Guten Abend, Euer Gnaden. Sind Sie gekommen, um Lady Marina zu sagen, dass Sie Ihre Meinung geändert haben? Dass Sie ein Narr sind?« Sie lächelte süß – und es war eindeutig einladend genug, um sie vernaschen, selbst wenn sie ihn beleidigte.

Sie hatte nicht unrecht.

»Ich *bin* ein Narr. Aber ich habe meine Meinung über Lady Marina nicht geändert. Ich bin gekommen, um Sie zu sehen.«

Das brachte sie für einen Moment zum Schweigen. »Oh. Warum?«

»Ich wollte nicht, dass Sie gehen, bevor ich mich verabschiedet habe.«

»Sie lungern vor meinem Zimmer herum, um sich zu verabschieden?« Sie schnaubte, und er fand das Geräusch absurd anziehend. Das hatte eine Dame in seiner Gegenwart noch nie getan. Aber sie war auch keine gewöhnliche Frau.

»Ist das so ungewöhnlich?«

»Für Sie? Ja.«

»Sie glauben, Sie kennen mich so gut.«

»Fangen Sie nicht schon wieder mit diesem halben Lächeln an.« Sie trat einen Schritt zurück. »Sie haben sich verabschiedet. Jetzt sollten Sie zu Bett gehen.«

Wie er sich dies in Form einer Einladung wünschte. Das Bett klang sehr einladend, insbesondere wenn sie darin lag. »Eigentlich habe ich das nicht.« Er konnte sich nicht dazu durchringen. Wenn er sich verabschiedete, würde es real werden. Endgültig.

Sie atmete aus und legte eine Hand auf ihre Hüfte. »Das macht nichts, denn ich werde nicht mit Lady Wetherby und Lady Marina gehen.«

Ein Schauer überlief ihn, der ihn schwindeln machte. »Sie gehen nicht?«

»Liebe Güte, Sie sehen tatsächlich bemerkenswert erleichtert aus und Sie klingen auch so.« Sie kniff die Augen zusammen. »Was ist denn in Sie gefahren? Warum reisen Sie eigentlich nicht morgen ab?«

»Ich hatte vor, für die Dauer der Hausparty hier zu bleiben. Ich ändere meine Pläne nur ungern.«

Sie blinzelte ihn an. »Selbst wenn das bedeutet, auf einer Hausparty zu bleiben, obwohl Sie Hauspartys verabscheuen?«

»Ich verabscheue diese Hausparty nicht.«

»Warum?« Sie klang so ungemein skeptisch.

»Weil ich Sie kennengelernt habe. Jetzt, da ich weiß, dass Sie nicht gehen, möchte ich unbedingt bleiben, um Sie besser kennenzulernen.«

Sie starrte ihn an und wiederholte: »Warum?«

»Ich denke, das sollte offensichtlich sein. Wir haben uns früher am Tag geküsst. Es war sehr schön.« Er runzelte die

Stirn und schüttelte den Kopf. »Es war verdammt zauberhaft.«

»Wie charmant von Ihnen, in Bezug auf meine Kussfähigkeit zu fluchen«, murmelte sie. »Es war ein furchtbarer Fehler. Wie auch immer, ich reise übermorgen ab. Ich wollte schon morgen abreisen, aber Cecilia hat mich überredet, noch zu bleiben.«

»Und Lady Wetherby hat keine Einwände?«

Sie verengte die Augen, bis sie fast nur noch Schlitze waren. »Lady Wetherby hat mir gekündigt.«

»Weil ich ihre Tochter nicht heiraten will?« Er fluchte und dann flog sein Blick zu ihr. »Ich bitte um Verzeihung. Manchmal vergesse ich, solche Dinge im Kopf zu behalten.«

»Es braucht schon viel mehr als das, um meine Empfindsamkeit zu beleidigen.«

Ein weiterer Punkt zu ihren Gunsten. Gab es etwas an ihr, das nicht wundervoll war? Selbst ihr Lächeln gefiel ihm immer besser. Obwohl sie gerade nicht lächelte. »Dass Lady Wetherby Sie aufgrund meiner Handlungen entlassen hat, sagt weit mehr über ihre Person aus als über Sie.«

»Wenn nur alle so denken würden«, murmelte sie. »Es ist unwichtig. Sie war unzufrieden damit, wie die Dinge ausgegangen sind und ich bin der Sündenbock.«

»Es ist besser, wenn sie jetzt unglücklich ist, als ihre Tochter ein ganzes Leben lang. Keiner von uns beiden hatte den anderen heiraten wollen. Lady Marina hat nie versäumt, in meiner Gegenwart ernsthaft gequält zu wirken.«

Juno schüttelte den Kopf. »Sie sind sich Ihrer selbst gar nicht so bewusst, wie Sie glauben wollen. In ihrer Gegenwart haben Sie fast genauso ausgesehen.«

Er stieß die Luft aus. »Zu meiner Verteidigung muss

ich sagen, dass ich die meiste Zeit so aussehe, wenn ich in Gesellschaft anderer bin. Insbesondere bei Veranstaltungen wie dieser.«

»Ist es wirklich eine Qual?«

»Es ist … unbehaglich.« Er verlagerte sein Gewicht und genau in diesem Moment verspürte er ein Aufwallen von genau diesem Unbehagen, und das nur davon, dass sie darüber sprachen. »Ich bevorzuge die Einsamkeit oder kleinere Versammlungen.« Im Augenblick war er mit ihr als Einzige in seiner Gegenwart mehr als zufrieden. »Es ist recht anstrengend so viel Zeit mit so vielen Menschen zu verbringen.«

»Tatsächlich?« Sie schien über seine Enthüllungen nachzudenken, die er nie mit jemandem teilte.

»Sie haben Marina genau beschrieben. Es ist zu schade, dass keiner von Ihnen beiden darüber hinwegkommt, denn Sie haben viel gemeinsam.«

Er sah sie mit hochgezogener Augenbraue an. »Versuchen Sie immer noch, die Ehestifterin zu spielen?«

»Nein. Ich muss in die Zukunft schauen, wozu ich auch bereit bin. Ich werde mir meine nächste Stelle suchen und hoffentlich mehr Erfolg als mit Marina haben.« Ihre Stimme klang enttäuscht.

»Ich bin sicher, dass Sie Ihr Bestes gegeben haben. Dass wir nicht zusammengepasst haben, war nicht Ihre Schuld.«

»Wahrscheinlich nicht. Aber ich hatte gehofft, bei meinem Schützling mehr Veränderungen bewirken zu können, als mir tatsächlich gelungen ist. Während meiner Zeit bei ihr hat sie ihre Fähigkeiten verbessert, aber insgesamt ist sie einer Heirat nicht mehr zugeneigt als zu Beginn meiner Arbeit mit ihr.« Sie schürzte die Lippen. »Lady Wetherby hatte recht, dass ich mit Marina nicht erreicht habe, wofür ich eingestellt worden war.«

»Irgendwie habe ich auch hier meine Zweifel, dass Sie

daran irgendeine Schuld trifft.« Belustigt runzelte sie die feinen Linien an ihren Augenwinkeln. »Woher wollen Sie das wissen?«

»Soweit ich beurteilen kann, sind Sie äußerst fähig, und das in einem Maße, dass Sie sehr gefragt sind. Zweifelsohne werden Sie rasch eine neue Stelle finden.« Er hoffte allerdings, dass es nicht zu schnell ginge. Vielleicht würde sie ja länger als nur bis morgen bleiben.

»Hoffentlich behalten Sie recht. Wenn Lady Wetherbys Unzufriedenheit bekannt wird, könnte meine Nachfrage abnehmen. Ich muss zu Bett gehen. Die Verabschiedung von Marina wird am frühen Morgen stattfinden, und ich muss mit meiner Korrespondenz beginnen. Damit werde ich wahrscheinlich die meiste Zeit des Tages zubringen.«

Sie machte Anstalten, sich umzudrehen, und er spürte eine Woge der Sehnsucht in sich aufsteigen. Um ein Haar hätte er sie angefleht, nicht zu gehen, aber sie konnten nicht länger vor ihrem Zimmer stehen. »Es wird bestimmt nicht so lange dauern. Wenn das Wetter gut ist, gehen Sie mit mir spazieren. Wir werden die Eiche besuchen, die uns die siegreiche Eichel beschert hätte.«

Sie legte die Stirn in Falten, als ob sie plötzlich etwas irritierte. »Warum sind Sie auf einmal so charmant? Sie sind ein höchst seltsamer Gentleman. Die Eichel hätte uns den Sieg nicht gesichert. Wir hatten noch andere Dinge zu beschaffen.«

»Ich bin sicher, wir hätten triumphiert.«

»Wegen der Eichel.«

»Warum nicht?« Er spürte, wie sein Mundwinkel nach oben rutschte, und bemerkte ihre Reaktion.

Ihre schönen grünen Augen verengten sich noch einmal. »Warum verhalten Sie sich auf diese Weise? Verzeihen Sie mir, aber Ihr derzeitiges Verhalten entspricht ganz und gar nicht demjenigen, dass Sie in den vergangenen Tagen demonstrierten.«

»Ich mag Sie. Ich verspüre kein Unbehagen, wenn ich in Ihrer Gesellschaft bin.«

Sie erstarrte eine Sekunde lang, und dann blinzelte sie. »Oh. Also dann, gute Nacht.« Abrupt drehte sie sich um und betrat ihr Zimmer.

Für einen Moment heftete er den Blick auf die geschlossene Tür und war über den Verlauf des Gesprächs erfreut. Vielleicht war es doch keine Zeitverschwendung, dass er zu dieser Hausparty gekommen war.

Zufrieden mit ihren Fortschritten schüttelte Juno ihre Hand aus, nachdem sie vier Briefe an Interessenten verfasst hatte, die sich in der Zeit, in der sie für Lady Wetherby arbeitete, nach ihren Diensten erkundigt hatten. Sie würde Lord Cosford bitten, die Versendung ihrer Korrespondenz zu veranlassen, und hoffte, dass wenigstens eines der Schreiben Früchte tragen würde.

Dann erhob sie sich vom Schreibtisch und blickte sich im Zimmer um, das durch Marinas Abreise und die Tatsache, dass Juno es an diesem Tag noch nicht verlassen hatte und niemand gekommen war, um es aufzuräumen, ziemlich unordentlich war. Sie vermutete, dass sie dem Personal die Gelegenheit dazu geben sollte, was bedeutete, dass sie das Zimmer am besten verlassen sollte.

Ein Blick zum Fenster sagte ihr, dass es in der Tat ein schöner Tag war. Perfekt für einen Spaziergang mit einem verstockten Herzog. Einem gutaussehenden und plötzlich charmanten verstockten Herzog.

Ich mag Sie.

Diese drei schlichten Worte hatten sie die ganze Nacht

begleitet und trieben sie jetzt an, seine Einladung anzunehmen. Sie wurde von der Erinnerung seiner Lippen auf ihren, an seine Zunge, die erotisch in ihrem Mund leckte, an seine Hände, die ihren Körper umfassten und sie erregten, übermannt. Er hatte sie zu einem Spaziergang eingeladen, nicht zu einer Affäre.

Wäre sie dazu bereit?

Derzeit befand sie sich zwischen zwei Stellungen und hatte sich zur Gewohnheit gemacht, während dieser Zeit einen Liebhaber zu haben. Unter ihnen war jedoch keiner ein Herzog gewesen, ob verstockt oder auch nicht. Tatsächlich hatte kein einziger einen Adelstitel getragen. War sein hoher Stand ein Hinderungsgrund? Gewiss nicht. Seine Unfreundlichkeit war es allerdings schon.

Allerdings war er zumindest ihr gegenüber inzwischen weitaus weniger schroff. Er war zu Marina brüsk gewesen, jedoch war Marina auch nicht gerade zuvorkommend gegenüber ihm gewesen. Sie verstand jetzt auch sein Verhalten, denn mit den meisten Menschen tat er sich wirklich schwer. Marina und er waren sich tatsächlich sehr ähnlich. Vielleicht war das der Grund, warum sie nicht harmonierten.

Der Abschied heute Morgen war schwer gewesen, aber Marina hatte eine Festigkeit und Entschlossenheit an den Tag gelegt, die Junos Befürchtungen abgeschwächt hatten. Sie ging davon aus, dass Lady Wetherby einen Schock erleiden wird, wenn sie ihre Tochter zu sehr bedrängte. Vielleicht hatte Juno mehr Erfolg mit ihr, als sie ursprünglich angenommen hatte.

Ein goldgefärbtes Blatt schwebte am Fenster vorbei, und Juno beschloss, den herrlichen Tag auszunutzen. Rasch zog sie sich ein elegantes dunkelblaues Kleid an, schnappte sich ihre Handschuhe und einen schicken breitkrempigen Hut sowie die Briefe, die sie Lord

Cosford für die Post geben wollte, und eilte die Treppe hinunter.

Als sie auf den Butler stieß, übergab sie ihm die drei Briefe und bat ihn, sie ihrem Gastgeber weiterzugeben. Und wo war jetzt der Herzog?

Als sie sich dem Salon näherte, der das Hauptquartier der Hausparty zu sein schien, hörte sie Stimmen. Sie trat ein und wurde fast sofort von Cecilia begrüßt. »Ach, da sind Sie ja, Juno. Ich wollte gerade nach Ihnen schicken. Wir haben einen spontanen Spaziergang ins Dorf geplant, weil das Wetter so schön ist.«

Juno suchte den Raum mit Blicken ab und entdeckte den Herzog, der mit seinem üblichen finsteren Blick in einer der Ecken stand. Was war vorgefallen? Warum war er zu seinem schlechtgelaunten Selbst zurückgekehrt?

»Wir werden ins Dorf spazieren und im The Wayward Knight eine Erfrischung zu uns nehmen«, fuhr Cecilia fort. »Dann werden uns die Kutschen zurückbefördern, damit wir Zeit für eine Ruhepause haben und uns dann für das Dinner umkleiden können.«

»Das klingt fantastisch«, meinte Juno und warf einen Blick in Richtung des derzeit *sehr* verstockten Herzogs. »Entschuldigen Sie mich einen Augenblick.« Sie ging zu ihm in die Ecke, in der er stand. »Sie sehen aus, als hätte jemand Ihr Pferd gestohlen.«

Er blinzelte sie überrascht an. »So wütend kann ich unmöglich aussehen.«

Sie lachte leise. »Ich weiß nicht, wie wütend Sie das machen würde, aber sie wirken reichlich verärgert. Was ist denn passiert, dass Sie so schlecht gelaunt sind?«

»Ich habe keine Lust, mit allen ins Dorf zu spazieren.«

»Aber Sie haben mich heute zu einem Spaziergang einladen. Deshalb bin ich ja auch nach unten gekommen.«

Wieder blitzte seine Überraschung auf, doch es war

anders als beim ersten Mal – in seinem Blick lag dazu noch ein Funken. Vorfreude, möglicherweise. »Tatsächlich?«

»Jetzt frage ich mich, ob ich mir jemand anderen zum Spazierengehen suchen sollte.«

»Nein«, antwortete er rasch. »Ich ... Es handelt sich nur nicht um den Spaziergang, den ich mir vorgestellt hatte.«

Sie neigte ihren Kopf zur Seite. »Was *hatten* Sie sich denn vorgestellt?«

»Nur wir beide.«

»Ich verstehe.« Sie dachte an seine Worte vom Vorabend – dass er so viele Menschen nicht ertragen konnte und er seine Pläne nicht gerne änderte. »Und wenn wir hinter den anderen gehen?«

Er wurde lockerer und seine Schultern sanken herab. Sie konnte erkennen, wie ein Teil seiner Anspannung aus seinem Körper wich.

»Warum sind Sie so verstockt?«

»Ich mag Routine. Ich weiß gern, was zu erwarten ist.«

»Sie mögen keine Überraschungen, und diese spontane Aktivität hat Sie aus dem Gleichgewicht gebracht.«

Anerkennung leuchtete in seinem Blick auf. »Sie verstehen?«

»Ich denke schon.«

Ein Lächeln umspielte seine Lippen, und sie wünschte sich, er würde einfach drauflosgrinsen. Er sah noch besser aus, wenn dieses Aufblitzen von Humor sein Gesicht erhellte. Wenn er das zuließe, ahnte sie, dass die Wirkung verheerend sein musste.

Cecilia kam auf sie zu. »Also, sind Sie bereit? Wir werden in einigen Minuten aufbrechen. Leider kann Lord Cosford uns wegen eines Notfalls bei einem seiner Pferde nicht begleiten.«

Der Herzog legte die Stirn in Falten. »Ich hoffe, es ist alles in Ordnung. Braucht er irgendwelche Hilfe?«

»Ich bin mir sicher, dass alles in Ordnung sein wird. Danke für Ihre Anteilnahme, Herzog.« Sie nickte ihm zu und entfernte sich dann.

Juno war ein wenig überrascht, dass sie nicht länger geblieben war. Sie hatte eher erwartet, Cecilia würde mit ihr gehen wollen, was die revidierten Erwartungen des Herzogs zunichtegemacht hätte. Vielleicht würde sie das nicht. Und wenn doch, nun, Juno würde sich mit diesem Problem befassen, sobald es sich stellte.

Sie drehte sich zu ihm um, als die anderen Anstalten machten, den Salon zu verlassen. »Vermutlich sollten wir uns auf den Weg machen.«

»Ich bin erstaunt, dass Sie mich so gut durchschauen können.«

Sie warf ihm einen verschmitzten Blick zu, während sie darauf warteten, dass die anderen ihnen beim Verlassen des Zimmers vorausgingen. »Ich bin mir nicht sicher, ob das schmeichelhaft ist.«

»Ich meine nur, dass Sie so ganz anders sind als ich. Sie sind überhaupt nicht … verstockt, ich glaube, das war das Wort, das Sie benutzt haben. Sie sind fröhlich und charmant und fühlen sich offensichtlich mit vielen Menschen um sich herum sehr wohl. Ich frage mich, ob Sie darin aufblühen.«

»Das tue ich. In gewisser Weise. Ich freue mich allerdings immer über eine Verschnaufpause.« Sie warf den letzten Gästen einen Blick hinterher, die gerade hinausgingen, und flüsterte: »Insbesondere von dem Typ der feinen Gesellschaft.«

Er lachte. »Bin ich kein Typ der feinen Gesellschaft?«

Sie schaute in sein Gesicht, das vor Belustigung glänzte. Es war absolut vernichtend. »Oh, machen Sie das noch mal.«

»Was?«

»Lachen. Versprechen Sie mir, dass Sie es wieder tun, bevor der Tag zu Ende geht.«

»Mit Ihnen an meiner Seite würde ich sagen, dass eine gute Chance dazu besteht. Ich kann mich nicht erinnern, wann mich das letzte Mal jemand zum Lachen gebracht hat.« Er blickte sie amüsiert an. »Das meine ich ja – wir sind so verschieden. Sie sind das Licht … ja die Verkörperung der Sonne, während ich die Dunkelheit darstelle. Nicht einmal der Mond, denn der kann hell leuchten. Eher wie eine Leere.«

Sie schaute ihn stirnrunzelnd an. »Sie dürfen das nicht von sich denken. Sie verkörpern gewiss keine Leere.« Dann griff sie nach seinem Unterarm und drückte ihn. »Sehen Sie? Sie sind aus Fleisch und Blut, ein Mann.« Plötzlich dachte sie auf eine überaus wollüstige Weise an ihn.

»Wir sollten gehen, ehe wir die anderen nicht mehr einholen können.« Sie drehte sich auf dem Absatz herum und marschierte aus dem Salon.

Er schritt neben ihr her, als sie den Raum verließen. »Sie haben meine Frage nicht beantwortet. Bin ich denn nicht der Typ der feinen Gesellschaft?«

»Um Himmels willen, nein. Sie sind natürlich ein Herzog, aber meiner Vermutung nach verabscheuen Sie die Gesellschaft. Und Sie benehmen sich wie kein anderer, den ich jemals in der Gesellschaft kennengelernt habe.«

»Sie haben viele solcher Leute kennengelernt?«

»Mein Großvater ist ein Baron, und deshalb lautet die Antwort ja, ich habe genügend kennengelernt.«

Nun wirkte er wirklich überrascht. »Wie um alles in der Welt kommt die Enkelin eines Barons dazu, sich als bezahlte Gesellschafterin zu verdingen?«

»Mein lieber Herzog, wir alle sind nur eine einzige Entscheidung von einem vollkommen anderen Leben entfernt. Denken Sie nur an Ihre fast stattgefundene Verlobung mit Marina. Hätten Sie sich zu einem Heiratsantrag entschlossen, würde sich bereits alles für Sie geändert haben.«

»Das klingt wie eine Geschichte, die ich mir gern auf dem Weg ins Dorf anhören möchte. Werden Sie sie mir erzählen?«

»Dafür müssen Sie mir eine Geschichte meiner Wahl erzählen.« Juno wusste noch nicht, wonach sie ihn fragen würde, doch es würde ihr bestimmt etwas einfallen.

Sie traten ins Sonnenlicht hinaus und Juno schaute zu ihm auf. »Haben wir eine Abmachung?«

»Ja.« Er betrachtete sie aufmerksam und seine dunklen Augen schienen jede Facette von ihr wahrnehmen zu wollen. »Jetzt erzählen Sie mir von der Entscheidung, die Ihr Leben verändert hat.«

~

Es war nicht, was Dare sich vorgestellt hatte, als er Juno für heute zu einem Spaziergang mit ihm eingeladen hatte. Es war besser. Er hatte nicht mit der Freude gerechnet, die sich in seiner Brust entfaltete.

Sie gingen mehrere Schritte hinter dem nächsten Trio von Personen her. Alle waren etwas über den Weg verteilt und das goldene Sonnenlicht badete sie, während die neben dem Weg aufgereihten Bäume in einer Vielfalt von Farben leuchteten.

»Die Entscheidung, Bernard Langton zu heiraten, hat mein Leben verändert«, meinte sie schlicht. Dann lächelte sie und schüttelte mit dem Kopf. »Tatsächlich war es nicht die Entscheidung gewesen. Es geschah, als ich meine Eltern informierte, dass ich den schneidigen Lehrer heiraten wollte, den ich auf einem lokalen Ball kennengelernt hatte. Sie waren entsetzt.«

Er sah zu ihr hinüber, wie sie in ihrem dunkelblauen Ausgehkleid glänzte, das mit leuchtendem Gold abgesetzt war. »Weil er ein Lehrer war?«

»Nicht nur deshalb, aber ja, das war ein Faktor. Er war – wie meine Mutter es beschrieb – auch auf eine übertriebene Weise lebhaft und charmant.«

»Es klingt, als sei er eine gute Verbindung für Sie gewesen. Sie sind sehr charmant.«

»Meine Mutter würde dagegenhalten, dass ich deshalb einen ruhigeren Ehemann bräuchte.«

»Ihre Mutter dachte, Sie hätten Beruhigung nötig?« Dare würde absolut nichts an ihr ändern. *Jetzt.* Als er sie – vor wenigen Tagen erst – kennengelernt hatte, hatte er gedacht, sie würde zu viel lächeln und dass sie zu energetisch wäre. Das schien nun lächerlich, angesichts der Tatsache, in welcher Weise ihr Lächeln und ihre Energie die Welt erhellte. Seine Welt.

Noch ein Lachen. »O ja, das tat sie. Noch wichtiger war, dass sie mich mit jemandem Respektablen verheiraten wollte. Bernard war laut und er hatte seine eigene Meinung. Die Leute liebten ihn entweder oder sie verabscheuten ihn. Ich fiel natürlich in die erste Kategorie. Er hatte auch die Neigung mehr zu trinken, als gut für ihn war.« Sie verzog schmerzlich das Gesicht und er fragte sich, welches Schicksal Langton ereilt hatte.

»Was ist ihm zugestoßen?«

»Ich bin nicht ganz sicher. Eines Abends kam er vom Pub nicht nach Hause. Der Schmied fand ihn am Fuße eines Hügels gleich außerhalb der Stadt mit dem Gesicht voran in einem Bach.« Ihre Stimme blieb sachlich, als ob sie nicht mehr um ihn trauerte oder gar nicht um ihn getrauert hatte. Sie hatte allerdings erwähnt, ihn angebetet zu haben.

Er musterte ihr Profil und bemerkte das leichte Pochen an ihrer Schläfe. »Haben Sie den Verdacht, dass ein Verbrechen dahintersteckt?«

»Nicht wirklich. Es hat den Anschein, als sei er betrunken gewesen und hatte einen unglücklichen Unfall erlitten.«

»Waren Sie lange verheiratet?«

»Weniger als ein Jahr. Wie Sie sich vorstellen können, hat er mich in einer misslichen Lage zurückgelassen. Ich konnte nicht zu meiner Familie zurück. Nicht, nachdem sie sich geweigert hatten, auch nur an meiner Hochzeit teilzunehmen. Ich habe auf eine Annonce geantwortet, in der nach einer bezahlten Gesellschafterin in Bath gesucht wurde. Während ich dort war, habe ich der Enkeltochter meiner Brotherrin, einem Mauerblümchen, geholfen, einen Ehemann zu ergattern. Eine andere Frau bot mir das doppelte Gehalt, wenn ich in ihre Dienste treten und ihrer Tochter bei dem gleichen Unterfangen helfen würde.«

»Also haben Sie Ihre Arbeitgeberin verlassen?«

Sie schüttelte den Kopf. »Lady Dunwoody hatte mir eine Chance gegeben, als ich sie am meisten gebraucht hatte. Ich bin bei ihr geblieben, bis sie etwa ein Jahr später gestorben ist.«

»Sie sind loyal.«

»Was ein Fehler ist, würden manche sagen.« Sie grinste ihn an. »Ich denke, es ist wichtig, zu seinen Prinzipien zu stehen und den Menschen beizustehen, denen man Hilfe versprochen hat oder die einem etwas bedeuten.«

Er hatte den Verdacht, dass ihre grimmige Loyalität von der Tatsache herrührte, dass ihre Familie ihr nicht beigestanden hatte. Ein Bedürfnis stieg in ihm auf, an ihrer

Seite zu bleiben und ihr zu zeigen, dass sie wertgeschätzt wurde.

»Was für eine bewundernswerte Eigenschaft«, entgegnete er sanft.

»Ich habe Ihnen von meinem lebensverändernden Entschluss erzählt. Jetzt ist es an Ihnen, meine Frage zu beantworten.«

»Ich habe keine lebensverändernden Entscheidungen getroffen«, gab er zurück.

»Das hatte ich auch nicht erwartet. Sie würden nicht wollen, dass Ihr Leben sich ändert. Sie wollten nicht einmal eine Abwandlung der Parameter des heutigen Spaziergangs.« In ihrem Tonfall lag Humor, und er konnte nicht umhin, eine Beschwingtheit zu verspüren, die einzig und allein sie in ihm hervorrief.

»Ist das der Grund, warum Sie Marina keine Chance gegeben haben? Die Ehe ist eine große Lebensveränderung. Sie sind vielleicht noch nicht bereit dazu.«

Er zuckte innerlich zusammen. Das war ein Volltreffer. »Ich habe versucht, ihr eine Chance zu geben. Sie war einfach nicht diejenige, nach der ich suche.«

Juno legte den Kopf schief, während sie weitergingen, und musterte ihn mit einem Auge. »Dann stelle ich hiermit meine Frage. Wonach halten Sie bei einer Ehefrau Ausschau? Was würde Sie dazu bewegen, Ihr Leben komplett auf den Kopf zu stellen?«

Wenn sie es so formulierte, war er nicht sicher, ob er sein Leben auf den Kopf stellen wollte. Aber er musste. »Ich bin ein Herzog, und ich brauche eine Herzogin. Ich kam hierher, weil meine Mutter beharrlich der Ansicht war, ich würde sie hier finden. Ich glaube, sie hat diese ganze Hausparty zusammen mit Lady Cosford organisiert, um mich mit Lady Marina zusammenzubringen. Es scheint, als ob jeder der Meinung war, dass wir perfekt zusammenpassen würden.«

»Aber sie passten nicht zusammen.«

»Nein, wir harmonierten nicht, und das lag nicht an einem Mangel von Versuchen unsererseits. Entweder knüpft man eine Beziehung mit jemandem oder nicht. Mir ist klar, dass viele Menschen ohne ein Gefühl der Verbundenheit oder ... der Richtigkeit heiraten, aber ich gehöre nicht dazu.«

»Das ist ebenfalls eine bewundernswerte Eigenschaft«, meinte sie ernst. »Wahrhaftig. Ich muss mich dafür entschuldigen, dass ich Ihnen die Hölle heißgemacht habe, weil ich dachte, Sie hätten keinen Versuch unternommen, damit es klappt.«

»Wie Sie schon sagten, wirkte die Verbindung oberflächlich ideal. Aber der Schein ist nicht immer richtig. Besinnen Sie sich nur auf Langton und Sie – er wurde von Ihrer Familie als unbefriedigende Verbindung erachtet, und doch wussten Sie, dass es die richtige Entscheidung war.«

»Sie haben vermutlich recht, aber am Ende ist die Sache für ihn und mich nicht gut ausgegangen. Vielleicht hatten meine Eltern nicht ganz unrecht.«

»Sie dürfen nicht an sich selbst zweifeln, vor allem nicht in Bezug auf Dinge, die bereits geschehen sind. Sie können doch nicht ändern, was passiert ist. Sie können nur bestimmen, welchen Einfluss es auf Sie hat.«

»Liebe Güte, aber Sie besitzen sehr viel mehr Tiefe, als ich erwartet hatte. Und das war mein Fehler«, setzte sie mit einem sanften Lächeln hinzu. »Sie haben meine Frage noch nicht beantwortet. Welche Art von Frau würde Sie zu einer Heirat bewegen?»

Er dachte einen Moment lang nach, ehe er zu einer Antwort ansetzte. »Es muss eine Frau sein, die das Leben wertschätzt – nicht die Belanglosigkeiten der Gesellschaft, sondern die einfache Freude eines Spaziergangs an einem schönen Herbsttag. Jemand, der Mut und Kraft hat und keinen Titel einer Herzogin braucht, um sich erfüllt zu fühlen.« Er zögerte, ehe er anfügte: »Jemand, der nicht vor mir niederkauert oder mich zu ... verstockt findet.« Ihr Blick traf den seinen und es lag ein Anflug von etwas – das vielleicht Bedauern war – darin. »Ich hoffe, ich habe Sie nicht beleidigt. Manchmal sollte ich wirklich lernen, meine Zunge zu hüten.«

»Ganz und gar nicht – in beiden Aspekten. Ihre Offenheit ist ein weiterer bewundernswerter Charakterzug.« Ihm wurde klar, dass seine Beschreibung perfekt auf sie passte. Sie strahlte Freude und Stärke aus. Sie war eine Frau, die Entscheidungen nach ihren eigenen Wünschen getroffen hatte, und die sich nicht dafür entschuldigte.

Sie provozierte ihn außerdem zum Lächeln und sogar zum Lachen. Sie ließ ihn aus seiner Starre heraustreten – und um es mit ihren Worten zu sagen –, und er fand sogar Freude an der Spontaneität.

Die Stille zwischen ihnen wurde durch das Zwitschern eines Vogels in der Nähe durchbrochen. Er hoffte, sie nicht in Verlegenheit gebracht zu haben. Er war nicht gerade der gesellschaftlich geschickteste Mensch. »Vielleicht sollte ich Sie einstellen, damit Sie mir helfen, eine Frau zu finden.«

Sie warf ihm einen scharfen Blick zu, und dann lachte sie. »Sie scherzen.«

»Ja. Ich erkenne, dass ich das nicht sehr oft tue.«

»Dann lockern Sie ein wenig auf?«, fragte sie.

»Offensichtlich. Ich bin zu diesem Spaziergang mitgekommen, obwohl ich eigentlich nicht gewollt hatte, nicht wahr?«

Sie stieß ihn sanft mit dem Ellbogen an. »Nun, haben

Sie wirklich nicht kommen wollen? Ich habe gehört, dass Sie jeden Tag spazieren gehen. Und ausreiten.«

»Ich liebe es, im Freien zu sein. Nur eben nicht mit einem Haufen anderer.« Mit schiefgelegtem Kopf deutete er auf all die anderen, die vor ihnen gingen.

»Sind hier noch andere Leute?«, fragte sie kokett. »Das hatte ich nicht bemerkt.«

In Wahrheit hatte er die anderen auch kaum bemerkt. Er war zu sehr auf sie konzentriert gewesen und zu vertieft in ihre Konversation. Ihre grünen Augen glitzerten in der Nachmittagssonne und im Stillen gestand er sich, dass er noch nie eine schönere Frau getroffen hatte. Und das nicht nur an der Außenseite.

Als sie einen kleinen Hügel erklommen, kam das Dorf in Sicht. Er wollte nicht, dass dieser überraschend idyllische Spaziergang ein Ende hatte.

»Ich bin froh, dass Sie sich entschieden haben, auf der Hausparty zu bleiben. Sie auch?«

»Das bin ich.«

Und trotzdem würde sie morgen abreisen. Es sei denn, er könnte sie überzeugen, noch zu bleiben. Aus welchem Grund? Weil er es nicht ertragen könnte, wenn sie ginge.

»Werden Sie Ihre Meinung darüber ändern, morgen abzureisen? Wir könnten noch einen Spaziergang unternehmen. Oder noch besser reiten Sie am Morgen mit mir aus. Sie sagten, das Reiten wäre überbewertet, aber ich würde Ihnen gern beweisen, dass Sie sich irren. Ich könnte Ihnen auch helfen, besser Schach zu spielen.«

Sie war langsamer geworden, bis sie fast stehen blieb. »Liebe Güte, das wäre ein voller Tagesplan. Ich gebe zu, dass meine Neugier geweckt ist. Ich würde mein Schachspiel liebend gern verbessern, und genauso begierig bin ich darauf, Ihnen zu beweisen, dass Reiten tatsächlich überbewertet wird. Dennoch sollte ich wahrscheinlich abreisen.

Ich habe heute Briefe zur Post gegeben, in der Hoffnung, mir eine neue Stellung zu sichern. Ich werde nach Bath heimkehren müssen, wo ich die Antworten empfangen kann.«

»Was, wenn ich Sie einstelle?«

»Um eine Frau für Sie zu finden?« Sie lächelte sanft. »Ich dachte, Sie scherzen.«

»Das habe ich, aber jetzt nicht mehr.« Er würde alles tun, um sie zum Bleiben zu bewegen.

»Danke, aber nein. Ich habe auf diesem Gebiet keine Erfahrung. Ich arbeite mit Ladys, nicht mit Gentlemen.«

»Können Sie nicht sehen, dass ich mich dringend in Flexibilität und Charme schulen muss? Es kann nicht schwieriger sein, mit mir zu arbeiten als mit den jungen Ladys.«

Darauf lachte sie und berührte seine Hand. Obwohl sie beide Handschuhe trugen, durchzuckte es ihn bei der Verbindung. Er wollte sie in die Arme nehmen und den Kuss wieder lebendig werden lassen, den sie gestern abgebrochen hatten.

Dann sah er in Richtung der Leute, die jetzt ein ganzes Stück von ihnen entfernt waren, denn sie beide waren einfach stehengeblieben. Obwohl die anderen nicht so nahe waren, könnte irgendjemand von ihnen einen Blick zurückwerfen, und sie würden bei ihrer Umarmung gesehen werden. Wenn er sie küsste. Was bedeutete, dass er das nicht tun sollte. Er ließ die Vorfreude und sexuelle Anspannung in ihm zirkulieren, als sie ihm ihre Hand entzog.

Dann leckte sie sich über die Unterlippe und beinahe hätte er gestöhnt. »Ich glaube nicht, dass ich Ihnen helfen kann. Tatsächlich glaube ich, dass Sie bereits die Fähigkeit besitzen, sich zu entspannen und Ihrem Humor und Charme zu erlauben – ja, ich denke, Sie besitzen Charme –

durchzukommen. Hören Sie einfach auf, alle auf Armlänge Abstand zu halten. Ich verstehe, wie schwer das ist, aber je mehr Sie sich erlauben, verletzlich zu sein, umso bereichernder werden die Beziehungen sein.«

Ja, genau das wollte er. Mit ihr. Er hatte bereits mehr mit ihr geteilt als je mit irgendjemand sonst. Es gefiel ihm, wie sich das anfühlte. Er wollte nicht umkehren und wieder alles in sich einsperren.

»Wir sollten weitegehen«, meinte sie mit einem Lächeln, ehe sie in einen schnellen Schritt fiel.

Er würde ihr nicht erlauben, der Beantwortung seiner Frage auszuweichen. »Obwohl Sie mein Angebot für die Anstellung ablehnen, werden Sie bleiben? Wenigstens noch einen Tag?«

Sie sah zu ihm herüber und ein weiteres Lächeln – wie konnte er dieses Lächeln nur jemals verabscheut haben – umspielte ihre Lippen. »Ich werde es in Erwägung ziehen. Jetzt bedrängen Sie mich nicht. Ich würde viel lieber etwas über Ihr Lieblingspferd hören. Ich gehe davon aus, dass Sie mehr als eines besitzen.«

Dare stürzte sich in eine Unterhaltung über seine Lieblingspferde und er tat sein Bestes, um die Gegenwart zu genießen. Er würde jeden Moment auskosten, den er mit ihr hatte.

KAPITEL 9

Als sie das Wayward Knight erreichten, war Juno sich nicht mehr sicher, ob sie den Herzog überhaupt noch kannte. Sie wünschte auch, sie würde ihn in Gedanken nicht immer noch »der Herzog« nennen. Sie kannte seinen Namen. Er hieß Alexander Brett, Herzog von Warrington. Nannte ihn seine Familie, die nur aus seiner Mutter zu bestehen schien, Alexander? Alex? Wahrscheinlich nicht. Vermutlich besaß er einen Höflichkeitstitel, nicht dass sie sich daran erinnern konnte. Wahrscheinlich wurde er von seiner Mutter so genannt.

Juno fiel auf, dass Cecilia auf dem Weg nicht ein einziges Mal das Tempo gedrosselt hatte, damit Juno und der Herzog sie einholen konnten. Sie hatte jedoch einige Blicke nach hinten geworfen, was Juno verriet, dass ihre Gastgeberin genau wusste, wie weit sie beide hinter den anderen zurückgeblieben waren. War den anderen ebenfalls aufgefallen, dass sie in Begleitung des Herzogs ging?

Um keine Gerüchte oder Spekulationen in Umlauf zu bringen, entfernte Juno sich aus seiner Gesellschaft, sobald sie beim Gasthaus ankamen. Sie lenkte ihre Schritte zum

Tisch mit den Erfrischungen, um sich ein Ale zu holen, und begab sich dann in den äußeren Bereich des separierten Speisesaals, der für ihre Gesellschaft vorgesehen war.

Kaum hatte Juno an ihrem Ale genippt, kam eine andere Frau von der Hausparty auf sie zu. Lady Gilpin war etwa um die vierzig Jahre alt, hatte dunkles, kastanienbraunes Haar und ein freundliches Gemüt. Sie war eine enge Freundin von Cecilia. »Mrs. Langton, hat Ihnen der Spaziergang gefallen?«

»Das hat er, danke. Was für ein herrlicher Tag.«

»In der Tat. Ich hoffe, ich dränge mich nicht auf, aber ich habe gehört, dass Sie nicht mehr bei Lady Wetherby angestellt sind. Darf ich hoffen, dass Sie sich nach einer neuen Stelle umsehen?«

»Ja, das tue ich tatsächlich.« Juno nahm an, dass Cecilia sie ins Bild gesetzt hatte. »Ich bin tatsächlich auf der Suche nach einer neuen Stellung.« Sie verzichtete darauf, Lady Wetherby oder Marina überhaupt zu erwähnen. Das war das Beste.

Lady Gilpins Augen leuchteten auf. »Was für ein Glück für meine Tochter und mich. Sie wird im Frühjahr ihre erste Saison antreten, und ich würde mich sehr freuen, wenn Sie sie darauf vorbereiten könnten.«

»Erzählen Sie mir von ihr«, bat Juno mit einem Lächeln.

»Sie ist ziemlich schüchtern. Sie scheint in gesellschaftlichen Situationen nie die richtigen Worte zu finden. Es ist, als sei ihre Zunge verknotet.«

»Ich verstehe. Nun, das ist etwas, woran wir arbeiten können. Wie sieht es mit ihren anderen Fähigkeiten aus?«

»Gut, denke ich. Allerdings könnte sie ein wenig Hilfe in Fragen des Benehmens gebrauchen. Wenn etwas verschüttet wird oder ein Kleidungsstück zerrissen wird, ist Dorothy diejenige, der das passiert. Sie ist einfach ungeschickt, nehme ich an.« Lady Gilpin schenkte ihr ein besorgtes Lächeln.

»Ich habe schon anderen jungen Ladys von ähnlicher Art, wie Sie Ihre Dorothy beschreiben, geholfen. Ich bin zuversichtlich, dass wir sie so weit bringen können, dass sie gerüstet ist, im nächsten Frühjahr London zu erobern.« Hieß das etwa, Juno würde das Angebot von Lady Gilpin annehmen? Die Begleiterin der Tochter eines Baronets zu sein, war nicht gerade die glanzvollste Position, doch sie bot sich ihr direkt an. Was, wenn niemand sonst auf ihre Erkundigungen antwortete, weil Lady Wetherby es in Windeseile fertigbrachte, sie zu verunglimpfen? Es war besser, sich jetzt eine Stelle zu sichern, ehe sie keine Gelegenheit mehr dazu bekäme.

»Heißt das, Sie werden kommen?« Lady Gilpin sah so glücklich aus, dass Juno jetzt unmöglich ablehnen konnte. »Ihr Ruf ist vorbildlich. In der Tat hatte ich vor einigen Monaten erwogen, Ihnen zu schreiben, aber meine Mutter versicherte mir, Sie seien zu beschäftigt, um jemandem wie meiner Dorothy zu helfen.«

Juno zuckte innerlich zusammen. Die Anfragen, die sie geschickt hatte, gingen an eine Viscountess, zwei Countesses und eine Marchioness. Hätte sie die Wahl gehabt, würde sie dann Dorothy gewählt haben?

Es spielte keine Rolle, und sie würde sich nicht schlecht deshalb fühlen, weil sie darauf hinarbeitete, sich in den höchsten Rängen der Gesellschaft zu platzieren. Sie war eine Frau, die allein auf sich gestellt war, und sie hatte das Glück gehabt, sich eine unabhängige Existenz aufzubauen. Sie wäre eine Närrin, wenn sie nicht die bestbezahlte und angesehenste Position annehmen würde, die sie finden konnte. Genauso wie sie jetzt eine Närrin wäre, ein

Arbeitsangebot abzulehnen, das ihr gerade in den Schoß fiel.

»Ich würde Dorothy gerne helfen«, entgegnete Juno. »Allerdings lege ich mich nie auf einen bestimmten Zeitraum fest. Es kann sein, dass wir unsere gemeinsame Arbeit abschließen, bevor die Saison beginnt. Ich werde Ihnen eine bessere Einschätzung geben können, wenn ich Zeit mit Ihrer Tochter verbracht habe. Ist das für Sie akzeptabel?«

»Aber ja. Ich danke Ihnen vielmals.« Die Erleichterung der Frau war mit Händen zu greifen, und Juno war doppelt froh, eingewilligt zu haben. »Ich kann meine Aufregung kaum zügeln. Wann können Sie anfangen?«

»Ich muss erst nach Bath zurückkehren, aber ich kann eine Woche nach Ende der Hausparty zu Ihnen kommen. Reicht Ihnen diese Zeit, um sich zu erholen?«

»Das wäre sehr schön. Dorothy wird sich über die Hilfe freuen. Sie kann so nervös sein.«

Juno freute sich darauf, ihr zu helfen. Nach der Beschreibung ihrer Mutter hörte sie sich unkomplizierter an, als Marina es gewesen war. Bei diesem Gedanken meldete sich Junos schlechtes Gewissen. Sie mochte Marina sehr gerne, aber sie war ziemlich schwierig. Sie war die einzige junge Frau, der Juno zu helfen versucht hatte, welche ihre Hilfe gar nicht richtig gewollt hatte. Es wäre ihr sogar lieber gewesen, wenn man sie in Ruhe gelassen hätte.

Sie unterhielten sich noch ein paar Minuten, bevor Lady Gilpin sich entschuldigte. Juno spürte ihre eigene Erleichterung darüber, dass sie sich eine neue Stellung gesichert hatte, bevor Lady Wetherby sie überall verunglimpfen konnte. Und jetzt hatte sie noch ein wenig Zeit, ehe sie anfangen musste.

Sie ließ den Blick zum Herzog wandern. Er stand auf

der anderen Seite des Raumes mit ein paar Gentlemen, doch er wirkte recht unbeteiligt. Und er schaute sie an. Als ihre Blicke sich trafen, hob er seinen Becher zu einem stummen Trinkspruch.

Eine unerwartete Hitzewallung erfasste sie. Unerwartet? Das sollte es nicht gewesen sein. Nicht nach dem gestrigen Kuss oder der Art und Weise wie ihr gesamter Körper auf ihrem Spaziergang zum Dorf jedes Mal gekribbelt hatte, wenn sie ihn berührte.

Die Vorstellung, einige Tage mit dem Herzog zu verbringen, war unglaublich verlockend. Und sie war sich fast sicher, dass er an einer Liaison interessiert war. Waren diese Hauspartys nicht perfekt für solche Vorhaben geeignet?

Nein, sie konnte ihre Lebensgrundlage nicht auf diese Weise riskieren. Wenn Lady Gilpin von irgendeiner Unbotmäßigkeit Wind bekäme, die Juno sich zuschulden kommen ließe, würde sie jemandem mit einem derartigen Charakter nicht erlauben, ihre Tochter zu beaufsichtigen. Juno würde sich von ihrer besten Seite zeigen, bis sie nach Bath aufbrechen würde.

Cecilia kam auf sie zu. »Was hat Lady Gilpin gewollt?«

»Sie hat mir einen Posten angeboten, ihrer Tochter behilflich zu sein. Ich habe angenommen, du hättest ihr mitgeteilt, dass ich nach einer neuen Stellung Ausschau halte.«

»Das habe ich tatsächlich. Ich kenne Penelope seit Jahren. Wirst du Dorothy helfen? Sie ist so ein liebenswertes Mädchen aber eher ein unbeholfenes Nervenbündel.« Cecilia lächelte schwach.

»Ja, ich habe eingewilligt, ihr beizustehen. Danke dass du mich empfohlen hast.«

»Es war mir ein Vergnügen. Ich bin auch gekommen,

um dir zu sagen, dass du mit dem Herzog … und mir nach Hause zurückfahren wirst.«

Zuerst hatte Juno gedacht, sie würde nur den Herzog nennen. Weil sie hoffte, dass dies der Fall wäre? Sie konnte nicht leugnen, dass es weit schlimmere Dinge gab, als eine Kutsche allein mit dem Herzog zu teilen.

»Ich hatte gehofft, mit Sir Edmond und Lady Gilpin zurückzufahren«, meinte Juno. »Damit wir über Dorothy sprechen können.«

»Ach du liebe Güte. Ich denke, sie sind wahrscheinlich schon aufgebrochen. Sie waren in der ersten Kutsche. Du bist ohnehin die einzige Person, der ich vertraue, mit dem Herzog zu fahren. Er erschreckt alle anderen.« Cecilia lachte.

Juno war nicht amüsiert. Jetzt, da sie den Herzog besser kannte, verstand sie seine exzentrische Art. Er war überhaupt nicht erschreckend. »Ist das so?«

Cecilia ernüchterte und schürzte kurz die Lippen. »Nicht genau, nein. Die meisten der Gentlemen erschreckt er nicht, aber sie fahren alle mit ihren Ehefrauen.« Das war richtig. Es gab keinen weiteren alleinstehenden Gentleman. Was auf Cecilias Planung zurückzuführen war.

Cecilia drehte sich zur Tür. »Ich sollte besser die Abfahrten beaufsichtigen. Die Kutschen sind bereits draußen.«

Juno trank ihr Ale aus und stellte den leeren Becher auf einen Tisch. Als sie auf die Tür zuging, bemerkte sie, dass die meisten Gäste bereits gegangen waren. Mit Ausnahme des Herzogs. Er wartete an der Türschwelle auf sie.

»Ich habe erfahren, dass wir zusammen zurückfahren«, bemerkte er. Seine Stimme war immer so tief und von dem brummigen Grollen gefärbt, das sie mehr mochte, als sie wahrgenommen hatte.

»Mit Cecilia«, stellte sie klar, damit er nicht auf den

Gedanken kam, es seien nur sie beide. Würde er sich darauf gefreut haben?

»Ja.« In diesem Wort klang eine Düsternis mit, als ob er enttäuscht wäre, dass sie nicht allein sein würden. Freudige Aufregung keimte in ihr auf.

Sie begaben sich in den Hauptraum und dann in den Hof hinaus, wo die letzte Gruppe in einen Landauer kletterte. Damit blieb nur noch ein eher kleines Gefährt für sie drei zurück.

Dann bog allerdings ein Einspänner in den Hof, der von Lord Cosford gelenkt wurde. Grinsend winkte er seiner Frau zu. »Ich bin hier, mein Liebling!«

»Oh!« Cecilia drückte eine Hand an ihre Brust und dann lächelte sie breit. »Was für eine wundervolle Überraschung.«

»Ich konnte doch nicht den ganzen Ausflug verstreichen lassen, ohne zu erscheinen«, meinte Cosford. Er blickte zum Herzog und dann zu Juno. »Es macht Ihnen doch nichts aus, wenn ich Ihnen die Countess stehle, nicht wahr?«

Cecilia strebte bereits auf die Kutsche zu, als er heruntersprang, um ihr beim Aufsteigen behilflich zu sein.

Was konnte Juno sagen? Sie warf einen Blick zur Seite zum Herzog, der ihr mit einem beinahe unmerklichen Schulterzucken antwortete. Hatte sie darüber hinaus überhaupt etwas einwenden wollen? Jetzt wäre sie mit dem Herzog allein.

Ihr Verdacht, dass Cecilia, die Gelegenheiten für sie beide inszenierte, damit sie unter sich sein konnten, kristallisierte sich zu Gewissheit.

»Wir sehen uns zuhause!«, rief Cecilia mit einem Winken, als ihr Ehemann vom Hof fuhr.

»Das bedeutet vermutlich, dass wir die Kutsche für uns haben«, bemerkte der Herzog. Er bot ihr seinen Arm und begleitete zu dem Gefährt, neben dem der Kutscher wartete.

Der Herzog war ihr beim Einsteigen behilflich und folgte ihr dann.

Der Platz in der Kutsche wirkte kleiner als normal. Und dämmrig. *Intim.* Die Sonne hing tief am Himmel. Es war noch nicht ganz dunkel, obwohl das bald der Fall sein würde. Es gab eine Laterne, die aber noch nicht angezündet war. Vermutlich würden sie vor Einbruch der Dunkelheit beim Haus ankommen, und so war es nicht notwendig gewesen, dass sie angezündet wurde.

Oder vielleicht versuchte Cecilia auch, die richtige Stimmung zu erzeugen. Hatte sie ihre Ehestifterei nun auf Juno übertragen, da Marina fort war? Juno brauchte keine Partnerschaft. Sie war mehr als fähig, für sich allein zu bleiben und auch froh darüber, das zu tun.

»Ich glaube, Cecilia hat das geplant«, murmelte Juno, als die Kutsche anfing, sich in Bewegung zu setzen.

»Tatsächlich?« Der Oberschenkel des Herzogs berührte den ihren nicht, doch wenn sie sich ein wenig bewegte, würde das geschehen.

Juno schüttelte den Kopf. »Wer weiß. Wir werden in Kürze wieder beim Haus sein.«

»Das ist ein Jammer.«

Sie ließ den Kopf zu ihm herumschnellen. »Warum?«

»Weil es mindestens ein Dutzend Dinge gibt, die ich im Sinn habe – und jeden Augenblick werden es noch mehr –, die ich gern mit dir in einem intimen Rahmen wie diesem tun würde.« Er beugte sich zu ihr. »Die Frage ist, ob du mir das gestatten wirst?«

Die Welt um sie herum versank, sodass es nur noch Juno, den Herzog und das laute Pochen ihres Herzens gab. Ach verflixt, sie konnte an ihn nicht weiterhin als »den Herzog« denken. »Wie nennen die Leute dich?«, fragte sie heiser. Sie schluckte und dann fügte sie hinzu: »Leute, die dich mögen, meine ich.«

Er grinste und beinahe hätte sie sich ihm an den Hals geworfen.

»Dare. Es ist die Kurzform des Höflichkeitstitels, den ich innehatte, bevor ich geerbt habe. Ich war der Marquess of Daresbury.«

»Dare.« Das bedeutete Wagnis, und war wahrscheinlich der beste und schlimmste Name, den sie je gehört hatte. Sie wollte nicht von ihm herausgefordert werden und doch wurde sie es, auf das Gründlichste und teuflisch verführerisch.

Seine Augen verengten sich zu Schlitzen und Verlangen bündelte sich in ihrem Genitalbereich. »Noch nie hat jemand meinen Namen auf diese Weise ausgesprochen.« Er war so nahe und sie war in seinen kräftigen, maskulinen Duft eingehüllt. Sein rauer Atem erfüllte die Kutsche und passte zu ihren eigenen kurzen, flachen Atemzügen.

»Es ist eine sehr kurze Heimfahrt.« Sie legte ihre Hand um seinen Nacken. »Wir sollten uns besser beeilen.«

~

D are legte die Arme um ihre Taille und zog sie an sich. Dann brachte er den Mund über ihren und verlor sich in dem süchtig machenden Rausch ihrer Umarmung.

Dies war spontan und rücksichtslos – und es stand im vollkommenen Gegensatz dazu, wer er war. Es machte ihm nichts aus. Er konnte sich nicht beherrschen. All seine Erwartungen, alles, was er wusste, verschwand neben Juno. Sie war ein Licht, eine Versuchung und ein absolutes Verlangen.

Er küsste sie innig und ließ alle seine angestaute

Anspannung und Emotion in diesen Moment fließen. Sie klammerte sich fest an ihn und ihre Zunge glitt mit der gleichen Leidenschaft über seine, die er selbst empfand. Dass sie dies so sehr wollte wie er, ließ sein Herz höherschlagen. Dies war Seligkeit. Das hatte er noch nie zuvor gefühlt.

Ihre Position auf der Sitzbank war ein wenig unbeholfen und das doppelt so, als sie über eine Unebenheit auf dem Weg fuhren und sie beinahe gefallen wäre. Dare packte sie fester. Sie schob ein Bein über seinen Schoß und setzte sich damit rittlings auf ihn, womit sie ihn überragte.

»Besser?«, murmelte sie zwischen den Küssen.

Er knurrte an ihrem Mund und küsste sie erneut, wobei er sie mit einer Hand im Nacken hielt und mit der anderen an der Hüfte. Ja, das war besser, aber nicht gut genug. Er wollte sie an sich spüren. Ganz.

Nein, er wollte in ihr sein. Doch dazu war keine Zeit. Sie wären beim Haus angekommen, ehe einer von ihnen beiden geendet hätte. Oder nicht. Der Grad seines Verlangens entsprach einer bisher unbekannten Höhe.

Er zog sie sanft im Nacken, als er ihren Kiefer mit Küssen übersäte und mit Lippen und Zunge einen Weg zu der Ausbuchtung an ihrem Hals fand. Wie er sich wünschte, dass sie etwas trüge, das nicht so hoch zugeknöpft wäre.

Sie fing an, ihre Röcke zu richten, die sich zwischen ihnen gebauscht hatten und zog meterweise Stoff hervor, bis das Wenigste sie trennte – es war nur noch seine Kleidung. Dann sank sie auf ihn nieder und ihr Geschlecht erzeugte eine köstliche Hitze an seinem steifen Schaft.

Wie um einen Geschlechtsakt nachzuahmen, wölbte Dare sich nach oben und presste sich an sie. Verzweifelt gern wollte er in sie dringen. Sie erhob sich und dann senkte sie sich wieder auf ihn nieder. Er bewegte sich mit ihr und dirigierte ihren Mund wieder zu seinem zurück. Dabei hielt er sie fest, während er versuchte, ein gewisses Maß an Kontrolle zu wahren.

Sie wimmerte an seinem Mund und er ließ seine Hand von ihrer Hüfte gleiten, bis er das Ende ihrer Röcke und den Anfang ihrer Haut gefunden hatte. Er strich mit den Fingern über ihren Oberschenkel und suchte ihren Lustpunkt. Als sie sich ein weiteres Mal erhob, berührte er sie dort und neckte ihre Klitoris, was ihr ein leises Stöhnen entlockte, das tief aus ihrer Kehle aufstieg.

»Lass mich«, flüsterte er, als er mit seinen Fingern über ihr Fleisch streichelte.

»Ja«, hauchte sie und dann lauter: »*Ja*.«

Er streichelte sie, bis sie wild wurde und ihren Körper gegen seine Hand bewegte. »Komm für mich, Juno.«

»Ich brauche dich in mir. Bitte.«

Glücklich zu gehorchen, schob er einen Finger in sie und bewegte ihn vor und zurück. Sie warf ihren Kopf in den Nacken und dann stöhnte sie. Er fühlte, wie sich ihre Muskeln um ihn anspannten, bevor sie aufschrie.

»Schhh«, beschwichtigte er sie und nahm ihren Mund erneut in Besitz, als sie sich ihrem Orgasmus hingab.

Sie war kaum still, und ihr stoßweiser Atem erfüllte die Kutsche, als diese vor dem Haus zum Stehen kam.

»Wir sind da.« Sanft zog er seine Hand unter ihrem Rock hervor.

Sie sah zu ihm hinunter, und ihre Augen leuchteten vor Zufriedenheit. »Ich danke dir. Es tut mir leid, dass du nicht ...«

»Beim nächsten Mal.« Er hielt ihren Blick und steckte sich voller Absicht den Finger in den Mund, um ihren Geschmack aus seiner Haut zu saugen.

Ihre Augen verengten sich von erneutem Verlangen, als

sie auf den Sitz neben ihm rutschte und ihre Röcke neu ordnete. Gerade noch rechtzeitig, denn die Tür ging auf.

Dare kletterte hinaus und half ihr dann beim Aussteigen. Er bot ihr seinen Arm an, und zusammen schritten sie in Richtung Haus.

»Es sollte kein nächstes Mal geben«, raunte sie mit leiser Stimme. »Ich habe gerade einen Auftrag von Lady Gilpin angenommen. Ich fürchte, ich muss mich von meiner besten Seite zeigen, solange ich hier bin.«

»Ich bin überzeugt, dass wir diskret bleiben können. Frage jeden, der schon einmal eine Affäre während einer Hausparty genossen hat. So etwas kommt immer wieder vor.«

»Das mag sein, aber ich darf meine Lebensgrundlage nicht riskieren. Ich hoffe, du hast Verständnis dafür.«

Das konnte er so nicht hinnehmen. Er blieb stehen, ehe sie die Tür erreicht hatten, die von einem Diener aufgehalten wurde. »Dann lass uns woanders hingehen.«

Sie war einen Schritt vor ihm und blickte zurück. Ihre Augen funkelten amüsiert. »Wohin?«

»Irgendwohin. Hauptsache, du bist da.«

Lady Gilpin trat aus dem Haus. »Oh! Meine Kutsche ist schon fort. Ich fürchte, ich habe meinen Hut darin vergessen. Ich musste ihn abnehmen, nachdem sich eine der Nadeln gelöst hatte. Ich werde ihn von einem Diener holen lassen.« Sie lächelte Juno an. »Kommen Sie mit herein?«

»Ja.« Juno schenkte Dare einen eher rätselhaften Blick, als sie von seinem Arm abließ. Dann verschwand sie mit ihrer neuen Brotherrin im Haus.

Dare runzelte die Stirn. Das würde nicht das Ende der Geschichte bedeuten. Juno hatte etwas in ihm geöffnet, und er würde verdammt sein, wenn er zuließe, dass sich dieses Etwas wieder verschloss.

KAPITEL 10

Als der letzte Gang abgetragen wurde, bemerkte Juno, dass ihre Wangen vom Lächeln schmerzten. Das war bemerkenswert, denn im Allgemeinen war sie eine umgängliche Person, die in der Regel ein Lächeln aufgesetzt hatte. Diesmal verhielt es sich allerdings anders. Heute Abend war sie einzig und allein mit dem Mann an ihrer Seite beschäftigt gewesen. Der Mann, den sie einmal den verstockten Herzog genannt hatte, was ihr jetzt albern vorkam.

Nicht, dass er den ganzen Abend über gelächelt hätte. Er war immer noch weitaus zurückhaltender als sie, insbesondere in Gesellschaft anderer. Sie stellte fest, dass er vollkommen verwandelt war, wenn nur sie beide zusammen waren.

Beim Gedanken daran kam ihr die kurze Rückfahrt in der Kutsche zurück zum Haus von heute Nachmittag in den Sinn. Es war kein Wunder, dass sie den Abend in einem Zustand des Hochgefühls verlebt hatte.

Nun war es an der Zeit, sich mit den anderen Ladys in den Salon zu begeben, und Juno stellte fest, dass sie eigentlich gar nicht gehen wollte. »Danke für das himmlische Dinner«, murmelte sie zu Dare.

Der Blick aus seinen Augen traf sie mit glühender Hitze, und sie musste ihre Schenkel gegen eine Welle der Erregung zusammenpressen. »Das Vergnügen lag ganz auf meiner Seite.«

»Nicht ganz. Zwinge mich nicht, mit dir zu streiten.« Sie zwinkerte ihm zu, bevor sie das Speisezimmer verließ.

Als sie den Salon betrat, sah sie sich nach Cecilia um. Ihre neue Freundin war ihr eine Erklärung schuldig.

Leider musste Juno sich in Geduld fassen und warten, um ihre Gastgeberin von Lady Bentham und Mrs. Hadley wegzulocken, bei denen es sich um zwei Ladys handelte, die gerne ununterbrochen plapperten. Endlich hatte sie Cecilia für sich allein. Ein Diener offerierte ihnen ein Glas Madeira.

»Vielen Dank, Vincent«, meinte Cecilia und nahm eines der Weingläser.

Juno nahm ebenfalls eines und probierte einen Schluck, sobald der Diener weitergegangen war. Erwartungsvoll blickte sie Cecilia an. »Spielst du die Heiratsvermittlerin zwischen dem Herzog und mir?«

Überraschung malte sich auf ihrem Gesicht ab. »Nein, gewiss nicht. Warum sollte ich das tun?«

»Mir fällt kein einziger Grund ein, zumal du mich auch Lady Gilpin empfohlen hast. Allerdings kann ich die verschiedenen Gelegenheiten nicht leugnen, die ich heute mit dem Herzog allein war.«

»Wegen der Rückfahrt in der Kutsche?« Cecilia winkte ab. »Ich entschuldige mich, dich im Stich gelassen zu haben, indem ich mit meinem Mann gefahren bin.«

»Du hast auch von dem Spaziergang keine Minute mit mir verbracht, obwohl du dich immer vergewissert hast, wie es mir ergeht.« Juno kniff die Augen zusammen. »Du hast dich aber nicht nach meinen Fortschritten erkundigt, oder? Du wolltest sehen, ob ich noch bei Dare bin.«

Cecilias Wimpern flatterten. »Dare?«

Ein leiser Laut vibrierte in Junos Kehle.

»Liebe Güte, du hast dich gerade wie er angehört.«

»Habe ich nicht.« Vielleicht ein bisschen.

»Warum nennst du ihn Dare?«, fragte Cecilia verleitend.

Juno verdrehte die Augen. »Weil ich es leid war, ihn den verstockten Herzog zu nennen.«

Cecilia riss die Augen auf. »Das hast du ihm ins Gesicht gesagt?«

Juno ignorierte die Frage und trank einen weiteren Schluck Wein. »Außerdem hast du mich beim Abendessen wieder neben ihn gesetzt, obwohl es keinen Grund dazu gab. Willst du leugnen, dass du die Ehestifterin spielst?«

Cecilia zog eine Schulter hoch und trank ebenfalls. »Leugnest du, dass du und er euch zueinander hingezogen fühlt?«

War das so offensichtlich? Juno unterdrückte ihre aufkommende Besorgnis. »Das hat nichts zu bedeuten.«

»Ach nein?« In Cecilias Augen leuchtete eine Andeutung von Triumph auf.

»Du kannst nicht glauben, dass er mich heiraten würde. Ich will doch gar nicht heiraten.«

Cecilia betrachtete ihren Wein. »Es tut mir leid. Ich hätte zuerst mit dir sprechen sollen. Es ist nur so, dass ihr die Anziehung zu teilen scheint, die Lady Marina und ihm gefehlt hatte. Nenn mich eine Romantikerin, aber ich glaube an die Liebe.« Ihr Blick schweifte in Richtung des Speisezimmers und Juno glaubte, dass sie wohl an ihren Ehemann denken musste.

»Das habe ich auch einmal getan«, entgegnete Juno leise. »Ich denke, ich habe aufgehört – zumindest für mich selbst –, als mein Ehemann … Nun er hat sich nicht ganz als das erwiesen, was ich mir erhofft hatte.« Seine Neigung zum Trinken und sein generelles Versäumnis, sich auf sie und ihre Ehe zu konzentrieren, war vor seinem Tod bedenklich geworden. Sie hatte gehofft, dass sie zur Seligkeit ihrer Brautwerbung zurückfinden könnten, doch dann war er diesen Hügel hinuntergerollt.

»Das klingt ganz nach einer Geschichte. Wenn du einmal an die Liebe geglaubt hast, wirst du es wieder tun«, entgegnete Cecilia mit einem Lächeln. »Du musst nur den Richtigen kennenlernen. Vielleicht hast du das bereits getan.«

»Der Herzog?«, schnaubte Juno. »Ich bin nicht in ihn verliebt.« Ein bisschen allerdings schon. Er war überhaupt nicht der Typ Mann, bei dem sie das Aufkommen romantischer Gefühle erwartet hätte. Und doch dachte sie viel zu viel an ihn, seit er sie geküsst hatte. Und es waren Gedanken, die sich seit ihrer Kutschfahrt vorhin nur noch vervielfacht und intensiviert hatten.

»Ich hoffe nur, dass du dich dieser Vorstellung nicht verschließt«, entgegnete Cecilia herzlich. »Es wäre ein Jammer, etwas so Spezielles zu versäumen, selbst wenn es nicht für ewig ist.«

Natürlich wäre es nicht für ewig. Er brauchte eine Herzogin und das könnte niemals sie sein. Wie sehr sie sich auch von ihm in Versuchung geführt fühlte, musste sie ein Auge auf ihre Zukunft haben. Diese Zukunft hatte mit Lady Gilpins Tochter zu tun.

Zu diesem Zweck sollte Juno gehen und mit ihr sprechen. Aber die Gentlemen fanden sich gerade nach und nach im Salon ein und Juno hielt die Luft an, während sie auf Dares Erscheinen wartete.

Er füllte die Türöffnung aus und nahm ihre ganze Aufmerksamkeit für sich in Anspruch – angefangen mit dem dichten, dunklen Haar auf seinem Kopf, durch das sie noch nicht mit den Fingern hatte fahren können, bis hin zu seinem herrlich athletischen Körperbau, der beim Gehen zutage trat, aber noch mehr, wenn er sie in seinen Armen hielt. Eine Welle der Hitze überkam sie, und sie fragte sich, wie es ihr gelingen sollte, sich für die Dauer ihres Aufenthalts von ihm fernzuhalten.

Nein, sie fragte sich, *warum*.

~

Dares suchender Blick fand Juno in einem Sessel sitzend, während ihre Aufmerksamkeit ganz auf ihn gerichtet war. Sein Körper reagierte augenblicklich, und sein Puls beschleunigte sich, während sein Schaft zum Leben erwachte. Er hatte sich nach ihrem Intermezzo in der Kutsche unbedingt selbst befriedigen wollen, doch vor dem Abendessen war nicht mehr viel Zeit geblieben. Außerdem genoss er das Gefühl, voll erregt zu sein. Das Abendessen war eine köstliche Qual gewesen. Er hoffte nur, es würde später eine süße Erleichterung geben – nicht durch seine Hand, sondern in Junos Armen.

Ehe er sich auf den Weg zu ihr machen konnte, wurde er kurz vor der Tür von den beiden Ladys abgefangen, die ihm neulich Abend in der Bibliothek begegnet waren. Inzwischen war ihm eingefallen, dass Mrs. H Mrs. Hadley war, aber er konnte sich immer noch nicht an den Namen der anderen Frau erinnern.

»Guten Abend, Herzog«, begrüßte ihn die Frau, die nicht Mrs. Hadley war. Da sie ihn auf diese Weise ansprach, konnte er sich endlich sicher sein, dass sie vom Adel war. Leider half ihm das nicht, sich an ihren Namen zu erinnern. Er hätte während des Essens besser aufpassen sollen. Nicht, dass er seine Aufmerksamkeit von Juno hätte ablenken können. »Sie scheinen trotz Lady Marinas Abreise heute Morgen in bester Laune zu sein. Was ist denn passiert?«

Beide Damen sahen ihn mit einer unverhohlenen Erwartungshaltung an. Normalerweise würde er sich über ihre Neugierde ärgern. Doch derzeit war er offenkundig unempfindlich gegen derartige Irritationen.

Das hieß aber nicht, dass er den beiden ihre Aufdringlichkeit durchgehen lassen würde. »Sie scheinen sehr erpicht darauf, die Einzelheiten zu erfahren. Ich würde es vorziehen Sie nicht mit weiteren Informationen für Klatsch und Tratsch zu versorgen.«

»Bah«, stieß die Frau, die nicht Mrs. Hadley und die Kühnere von beiden war, mit einer Handbewegung hervor. »Sie können entweder die Wahrheit sagen, oder die Leute werden sich eine Geschichte ausdenken, die ihnen gefällt, und die wird dann zur Wahrheit.«

Er knurrte zur Antwort, aber letztlich war es ihm einerlei. »Ich hatte keine romantischen Gefühle für Lady Marina, und sie hatte auch keine für mich.«

Mrs. Hadley blinzelte zu ihm auf. »Das ist alles? Sie haben einfach beschlossen, nicht zu heiraten?«

So deutlich war das natürlich nicht gewesen. Vielleicht hätte er sich vergewissern sollen. Nein, er war sich sicher. Sie hatte ihn ebenso wenig gewollt wie er sie. »Wie Sie sehen, ist es nicht sehr interessant.«

Die Frau, die nicht Mrs. Hadley war, schürzte die Lippen. »Doch, das ist es, weil Sie beide diese Entscheidung treffen durften. Ich habe Bentham geheiratet, weil mein Vater es angeordnet hatte.«

Lady Bentham!

Mrs. Hadley nickte zustimmend. »Das habe ich auch getan. Mein Schwiegervater und mein Vater trafen die Vereinbarung ein Jahr bevor ich meinen Mann kennenlernte. Wie schön muss es sein, selbst entscheiden zu können.«

Dare empfand einen Anflug von Mitleid für die beiden. Gleichzeitig war es ihm unangenehm. Er wusste nicht, was er darauf entgegnen sollte. Er versuchte es mit: »Es tut mir leid, dass Sie unglücklich sind.«

»Wir haben nie gesagt, dass wir unglücklich sind«, meinte Lady Bentham kichernd. »Ich habe mit Bentham Glück gehabt. Besser als manch andere.« Sie wölbte eine Braue in Richtung Mrs. Hadley, die wiederum ihrer Freundin zunickte.

»Aber ja«, antwortete Mrs. Hadley mit ernster Miene. »Wir beide haben Glück gehabt.«

»Nun, du vielleicht mehr als ich, aber ich bin eine Viscountess, und das ist auch gut so.«

Die Ladys lachten zusammen, und Dare fühlte sich immer unbehaglicher. Er wollte unbedingt zu Juno.

Lady Bentham ernüchterte, als sie Dare mit einem ernsten Blick fixierte. »Es war klug von Ihnen, auf jemanden zu warten, für den Sie romantische Gefühle hegen. Ich mag Bentham zwar, aber es ist keine leidenschaftliche Liebesbeziehung, wie sie meine liebe Freundin genießt.« Sie warf einen etwas neidischen Blick in Richtung Mrs. Hadley. »Ich bin jedoch sehr dankbar für meine Kinder. Dank ihnen wird Bentham zumindest immer einen Platz in meinem Herzen haben.«

»Da muss ich widersprechen«, warf Mrs. Hadley ein und überraschte Dare. »Ich glaube nicht, dass Seine Gnaden auf eine Romanze warten muss. Die hatte ich nicht, als ich Hadley heiratete. Ich mochte ihn, als wir uns kennenlernten. Ich fand ihn würdevoll und charmant. Es war eine gute Grundlage für die Ehe.« Sie blickte zu Dare. »Ich würde Sie ermutigen, eine Frau zu finden, die Sie mögen und respektieren. Die Leidenschaft kann sehr wohl später kommen, so wie bei mir.«

»Sie meinen, ich hätte Lady Marina heiraten sollen«, schlug er vor.

Mrs. Hadley zuckte mit der Schulter. »Nicht unbedingt. Aber die Liebe hätte kommen können. Das werden Sie jetzt natürlich nie erfahren.«

Das saß. Nicht, weil er dachte, er hätte die große Liebe mit Lady Marina versäumt, sondern weil er diese sehr wohl mit einer anderen verpassen könnte. Er warf einen Blick in Junos Richtung. Genauer gesagt, dorthin, wo sie gewesen war und nun nicht mehr. Er fand sie neben Lady Gilpin auf einem Sofa in der Mitte des großen Raumes sitzend. Wahrscheinlich besprachen sie gerade ihre bevorstehende Anstellung.

Dare wollte keine Reue empfinden. Er blickte zu Lady Bentham und Mrs. Hadley zurück. »Würden Sie Ihre Ehemänner also erneut heiraten?«

»Auf jeden Fall«, antworteten die beide fast unisono.

»Entschuldigen Sie mich«, meinte er und beendete das Gespräch. Er wollte zu Juno gehen, die allerdings mit Lady Gilpin sehr beschäftigt wirkte. Außerdem wollte er keinen Verdacht bei den Klatschweibern aufkommen lassen. Er sollte sich schlecht fühlen, sie auf diese Weise zu betrachten, aber sie hätten wahrscheinlich zugestimmt. Sie machten kein Geheimnis aus ihren Versuchen, Informationen zu ergattern, wann immer sie konnten.

Dare nahm ein Glas Madeira von einem Diener und begab sich in eine Ecke, um vor sich hin zu brüten. Normalerweise hätte er sich einfach zurückgezogen, aber dazu war er viel zu besorgt. Besorgt? Eher war er vor Lust und Hoffnung straff angespannt.

Hoffnung?

Weil die Zukunft – selbst später heute Abend – vollkommen unsicher war. Und zum ersten Mal wollte er etwas für diese Zukunft. Für heute Abend und vielleicht für alle Nächte, die noch folgten.

Erwog er etwas … Dauerhaftes mit Juno? Ganz sicher mochte und respektierte er sie, wie die Ladys ihm geraten hatten. Himmel, was würde seine Mutter sagen, wenn er mit der Absicht heimkehrte, eine bezahlte Gesellschafterin zu heiraten – die allerdings auch die Enkeltochter eines Barons war. Sicherlich wäre Letzteres ein Pluspunkt.

Mit finsterem Gesicht hob er das Weinglas an die Lippen und trank die Hälfte davon aus. Wann hatte es ihn je interessiert, was die Leute redeten? Ja, das schloss auch seine Mutter ein. Nicht, dass ihre Meinung nichts zur Sache täte. In diesem Fall jedoch und vielleicht mehr als in jedem anderen, war die einzige Meinung, auf die es ankam, die seine. Und Junos.

Trotz des Aufruhrs an Gefühlen und Emotionen in seinem Inneren beobachtete er geduldig, wie sie mit Lady Gilpin plauderte.

»Haben Sie den Spaziergang heute zum Dorf genossen, Herzog?«

Dare katapultierte sich in die Gegenwart zurück und blickte zu dem Neuankömmling. Es war Lady Cosford mit einem ihrer übertrieben süßen Lächeln.

»Ja.« Er machte sich nicht die Mühe, das Knurren aus seiner Antwort herauszuhalten.

Sie runzelte kurz die Stirn. »Ich bitte Sie um Verzeihung für meine Offenheit, aber ist etwas vorgefallen? Sie waren beim Dinner so freundlich. Ich dachte, dass Sie sich vielleicht letztendlich eingewöhnt hätten und zu dem Schluss gekommen sind, dass Hauspartys am Ende gar nicht so hassenswert sind.«

Das waren sie nicht, was allerdings einzig und allein an Juno lag. Dass er in diesem Moment nicht bei ihr sein konnte und dass er ihr erlauben musste, mit ihrer neuen Arbeitgeberin zu sprechen, machte ihn verrückt. Dies war eine neue Erfahrung. Normalerweise machte er, was ihm gefiel. Noch nie zuvor hatte er jemand anderen berücksichtigen müssen und ob sein Benehmen den Betreffenden beeinträchtigen würde. Er war wirklich ein selbstsüchtiger Schnösel.

»Ich kann einfach nicht leugnen, Ihre Aufmerksamkeit für Mrs. Langton wahrgenommen zu haben«, meinte Lady Cosford leise und lehnte sich zu ihm. »Es tut mir leid, dass Sie nicht mit Lady Marina harmonierten, aber vielleicht ist noch nicht alles verloren.«

Langsam drehte er den Kopf zu ihr. »Was sagen Sie da?« Wusste sie etwas, das er nicht wusste?

»Es scheint mir, als würden Sie und Mrs. Langton die Gesellschaft des anderen genießen. Ich würde es ungern sehen, wenn die Party zu Ende ginge, ohne dass sie beide herausgefunden hätten, wie sehr.«

Ihre vage Ausdrucksweise würde ihn ebenfalls noch verrückt machen. »Wenn Sie etwas Bestimmtes zu sagen haben, würde ich mich freuen, wenn Sie das tun würden, Lady Cosford. Ich bin kein Mann, der Andeutungen oder Subtilität zu schätzen weiß.«

Sie unterdrückte ein Lachen. »Gut. Juno mag sie. Sie fühlt sich zu Ihnen hingezogen. Sie ist allerdings auch besorgt, ihre Anstellung bei Lady Gilpin zu riskieren. Also müssen Sie diskret sein.«

»Hat Juno angedeutet, sie wollte …« Er wusste nicht, wie er diesen Satz beenden sollte. Hatte sie Lady Cosford etwas darüber erzählt, was sich in der Kutsche zugetragen hatte? Er konnte sich nicht vorstellen, dass sie so etwas getan hätte, selbst wenn sie beide Freunde geworden waren und es sah ganz danach aus.

»Sie hat nichts Spezifisches verlauten lassen. Ich

versuche nur, eine gute Freundin zu sein. Sie wissen, wo ihr Zimmer liegt?«

»Ja.« Er schluckte und sein Körper geriet bereits in einen Zustand voller Erregung.

»Dann sollten Sie wissen, dass es gefährlich nahe an Lady Gilpins liegt. Sie werden eine andere Möglichkeit finden müssen, um hineinzugelangen.«

»Sind Sie sicher, dass sie mein Erscheinen wünscht?«

»Nein, aber wenn nicht, wird sie sich nicht scheuen, Sie zu bitten, wieder zu gehen. Und das werden Sie.« Sie sah ihn argwöhnisch an. »Das werden Sie doch, nicht wahr?«

»Gewiss. Ich bin kein Schuft.« Er summte innerlich vor Aufregung. »Werden Sie mir jetzt sagen, wie ich mir Zugang verschaffen kann?«

»Das kann ich, aber glauben Sie mir, wenn Sie sie schlecht behandeln, gibt es keinen Ort, an dem Sie sich verstecken könnten.« Sie bedachte ihn mit einem sengenden Blick.

»Ich mag nicht besonders umgänglich sein, aber ich bin ehrenwert und vertrauenswürdig. Sie haben mein Wort, dass Mrs. Langton kein Leid geschehen wird. Tatsächlich würde ich mich selbst in den Weg stellen, sollte das je passieren. Bis zu meinem letzten Atemzug.« Die Vehemenz seiner Versicherung überraschte ihn. Er meinte jedes Wort.

Bewunderung flammte in Mrs. Cosfords Blick auf. »Ausgezeichnet. Ich habe geglaubt, dass Sie genau diese Art von Gentleman sind. Hören Sie mir jetzt genau zu.«

Sie erklärte in allen Einzelheiten, wie er über die Dienstbotentreppe Zugang zu dem Ankleidezimmer finden könnte, das an Junos Schlafzimmer grenzte. Die Vorstellung, Juno zu sehen, erfüllte ihn mit freudiger Erwartung.

Was, wenn ihr sein Kommen nicht recht wäre?

Dann würde er gehen. Vollkommen deprimiert. Aber er

musste es versuchen. Alles andere würde Bedauern bedeuten und er hatte bereits entschieden, dass er das nicht erleiden würde. Nicht mit Juno. Nicht mit der einzigen Frau, die ihn je dazu gebracht hatte, sich als ganze Person zu fühlen.

Er konnte es kaum erwarten.

KAPITEL 11

Als Juno ihr Gespräch mit Lady Gilpin beendet hatte, war Dare bereits aus dem Salon verschwunden. Enttäuschung hatte ihre Stimmung gedämpft und selbst jetzt, zwei Stunden später hielt sich das Gefühl noch.

Nachdem sie mit Lady Gilpin gesprochen hatte, war Juno zu der Entscheidung gelangt, morgen nach Bath aufzubrechen. Die Hausparty würde noch weitere drei Tage andauern, doch Juno wollte nach Hause und sich auf ihre neue Position vorbereiten. Normalerweise wäre sie bei der Aussicht, mit einer neuen jungen Lady zu arbeiten, von einer heiteren Vorfreude erfasst gewesen. Dieses Mal fühlte sie sich allerdings ein wenig unbehaglich, als ob sie etwas vergessen würde. Nicht vergessen – ignorieren.

Sie tat offenbar alles, um sich vorzumachen, es gäbe Dare nicht. Oder als sei die schwelende Anziehungskraft zwischen ihnen erloschen. Doch dem war nicht so. Zumindest nicht für sie. Sie wusste absolut nicht, ob er das Gleiche empfand, zumal er den Salon ohne ein Wort verlassen hatte.

Sie erhob sich von ihrem Schminktisch und legte sich ihren langen Zopf über die Schulter, während sie auf ihr Bett zustrebte, das ein Dienstmädchen einladend zurechtgemacht hatte. Juno blickte auf die unberührte Bettstatt und wünschte sich, sie würde nicht allein hineinschlüpfen.

In den sechs Jahren, die inzwischen seit Bernards Tod vergangen waren, hätte sie sich nie als einsam bezeichnet. Doch heute Abend spürte sie dieses Gefühl ganz besonders stark.

Oh, verflixt.

Sie wünschte, sie hätte Cecilias Verkupplungsversuche nicht so geschwind von sich gewiesen. Sie begehrte Dare wirklich. Wenigstens für heute Abend.

Gedankenversunken änderte sie die Richtung und steuerte auf das Ankleidezimmer zu. Sie blieb abrupt stehen und keuchte, als eine große Gestalt vor ihr auftauchte.

»Dare!«

»Verzeihung, dass ich so hereinplatze. Ich fürchte, dies war der beste Weg, zu dir zu kommen.«

Sie betrachtete seinen Hausmantel aus schwarzer Seide, die sich von seiner schwarzen Hose abhob. »Du siehst wie ein Mann auf dem Weg zu einer Verabredung aus.«

Er warf einen Blick auf seinen Aufzug und schenkte ihr ein flüchtiges Lächeln. »Das tue ich vermutlich. Allerdings bin ich das ja auch.« Ihre Blicke trafen sich. »Hoffentlich.«

Juno zauderte. Er verhielt sich überaus anmaßend. Doch war er das angesichts ihres Verhaltens in der Kutsche tatsächlich? Sie hatte ihm eindeutig den Eindruck vermittelt, dass sie ihn begehrte. Und war dem nicht auch so?

Sie kniff die Augen zusammen. »Wie hast du hierher gefunden?«

»Mit etwas Glück?« Er log offenkundig und merkte, dass sie ihn durchschaut hatte. Seufzend antwortete er: »Lady Cosford hat mir erklärt, wie ich es anstellen soll.«

Juno fluchte, was ihm ein breites Grinsen entlockte. »Warum lächelst du?«

»Es gefällt mir, wenn du fluchst.«

Sie verschluckte ein Lachen. »Es ist schrecklich ungehobelt. Ich sollte das nicht tun. Ich fürchte, es war eine von Bernards schlechten Angewohnheiten, und nachdem ich sie angenommen hatte, war ich nicht mehr imstande, sie wieder abzulegen. Es sei denn, ich bin in höflicher Gesellschaft.« Sie zuckte zusammen. »Ich wollte damit nicht andeuten, dass du keine höfliche Gesellschaft bist.«

Er wirkte nicht im Mindesten beleidigt. »Kein Grund, ein schlechtes Gewissen zu haben. Ich fühle mich sehr geschmeichelt. Hoffentlich wirst du in meiner Gegenwart häufig fluchen.« Wieder lächelte er und ihr Herz überschlug sich.

»Du siehst so gut aus, wenn du lächelst. Einfach unwiderstehlich, wirklich. Nur gut, dass du es so selten tust, denn jede Frau in England würde dir sonst zu Füßen liegen.«

Er schritt auf sie zu, bis sie nur noch einen Atemzug voneinander entfernt waren. »Ich begehre aber nicht jede Frau Englands. Sondern einzig und allein dich.« Seine Stimme, die immer von einem Anflug eines Knurrens begleitet wurde, war zu einem rauchigen Krächzen geworden.

Wenn sie ihn nicht schon vorher begehrt hätte, würde sie ihn jetzt auf jeden Fall wollen. Sie legte die Hände auf seine Brust und schob sie hoch, um sie dann um seinen Hals zu schlingen. »Da trifft es sich ja gut, dass ich dich auch begehre.«

Er nahm sie in die Arme und drückte sie an sich, als ihre Münder sich trafen. Hätte sie nicht einen Morgenmantel und ein Nachthemd getragen, hätte sie ihre Beine um seine Hüften geschlungen.

Doch dazu wäre ihr nicht viel Zeit geblieben, denn er trug sie zum Bett und drückte sie auf die Matratze, ehe er sich über sie beugte. Dann zog er sich zurück und blickte auf sie herab. »Warte.« Er fuhr mit einer Hand über ihre Stirn, dann die Wange, über ihre Lippen, ihr Kinn und an ihrem Hals entlang. Er bewegte sich noch tiefer, wobei seine Augen nicht von den ihren abließen, während er mit den Fingern zwischen ihren Brüsten entlangfuhr. Er löste den Verschluss, der ihren Morgenrock zusammenhielt, und das Kleidungsstück klaffte auf.

»Du bist noch schöner, als ich es mir vorgestellt habe.« Dann umfasste er ihre Brust durch den dünnen Stoff ihres Nachthemds.

»Du kannst es ausziehen«, flüsterte sie, und ihre Begierde pulsierte zusammen mit einer köstlich süßen Wollust in ihr.

»Das werde ich. Bald.« Er kniff in ihre Brustwarze und löste damit eine Kaskade der Lust aus, die direkt in ihr Innerstes strahlte.

Sie krümmte sich unter seiner Berührung und keuchte. »Mehr. Bitte.«

Er kam ihrer Bitte nach und zog mit einem sanften, aber festen Griff an ihrer Haut. Hitze durchflutete sie. Es reichte nicht, und doch war es perfekt.

Sie stemmte sich vom Bett hoch und versuchte, ihre Arme aus dem Morgenmantel zu ziehen. Er half ihr, ihn abzustreifen, sodass sie nur noch ihr Nachthemd trug, das ihr im Moment wie ein störendes Hindernis erschien.

»Geduld, Liebling«, ermahnte er sie und drückte sie wieder nach unten.

»Ich will es ausziehen. Berühre mich bitte.«

Das tat er, aber durch den Stoff des Nachthemds. Es war verlockend und frustrierend zugleich. Sie wand sich unter ihm, als sein Mund sich über ihre Brust legte, und er mit seinen Lippen und seiner Zunge erst die eine und dann die andere Brustwarze neckte. Abwechselnd zupfte er heftig an ihr und liebkoste sie sanft. Sie keuchte vor Verlangen und fragte sich, ob sie je zuvor so erregt gewesen war.

»Habe ich dich genug geneckt?«, fragte er heiser und seine Hand wanderte zu ihrem Oberschenkel. Er schob den Stoff bis zu ihrer Taille hoch.

»Mehr, bitte.« Sie spreizte die Beine und lud ihn ein, sie genauso, wie er es in der Kutsche getan hatte, dort zu berühren. Doch das tat er nicht. Stattdessen ließ er das Nachthemd über ihren Bauch und ihre Brüste gleiten und das mit einer Langsamkeit, die jede ihrer Empfindungen noch intensivierte.

Er fasste den Stoff mit der Faust, zog ihn dann über die Oberarme und Brüste, wobei er den Kopf senkte und ihre Brustwarze in den Mund nahm. Während er fest daran saugte, schob er die andere Hand zwischen ihre Beine und seine Finger streiften ihr Geschlecht mit leichten, verlockenden Berührungen.

Sie wollte, dass er alles von ihr in Besitz nahm. Sie wollte mehr von dem, was sie heute Nachmittag gekostet hatte. Wie hatte sie je geglaubt, ohne eine Nacht wie diese einfach gehen zu können?

Mit den Fingern fuhr sie durch sein dichtes, dunkles Haar, was sie sich schon so lange vorgestellt hatte. »Dare, ich brauche –«

Er streichelte ihre Klitoris, während er an ihrer Brustwarze zog, und sie wand sich vor Lust. »Was brauchst du?«

»Alles.« Sie zog an seinem Hausmantel. »Können wir bitte damit anfangen, dass du dich nackt ausziehst?«

»Du bist so höflich. Sogar jetzt«, murmelte er an ihr. »Verlierst du nie hin und wieder die Beherrschung?«

»Was meinst du?«

»Ich meine, vergisst du vielleicht manchmal, bitte zu sagen? Forderst du manchmal, anstatt zu fragen? Nimmst du, anstatt zu bitten?«

Ihr Blut geriet in Wallung. »Nein. Eigentlich nicht.«

Er richtete sich auf und ließ sie kalt und beraubt zurück. Sie wimmerte leise, als er seinen Hausmantel auszog. Darunter trug er ein Hemd, was sie furchtbar enttäuschte. Er zog es jedoch zum Glück schnell aus und entblößte seine ungemein muskulöse Brust, die mit dunklem Haar bedeckt war.

Dann stellte er sich zwischen ihre Beine an der Bettkante und strich mit der Handfläche direkt über ihrem Geschlecht über ihren Unterleib. Ihr Körper zuckte vor Verlangen, ihre Brüste sehnten sich danach, wieder von ihm berührt zu werden.

Er sah sie aus seinen schmalen dunklen Augen an. »Heb die Arme über den Kopf und verschränke die Hände.«

Sie tat, was er befahl, und ihr Atem kam in kurzen Stößen.

»Ich liebe es, welchen Effekt das auf deine Brüste hat.« Anerkennend senkte sich sein Blick auf ihre Brust.

»Berühre sie. Bitte.«

Er schüttelte den Kopf. »Kein Bitte mehr. Wenn du dieses Wort benutzt, werde ich mich weigern.«

Sie sah ihn mit hochgezogener Augenbraue an. »Du willst, dass ich so unhöflich bin wie du?«

Ein leises Kichern stieg aus seiner Kehle auf. »Ich will, dass du die Kontrolle verlierst. Vergiss die charmante Begleiterin für den Augenblick. Hier, in diesem Bett, will ich Juno. Ich will die Göttin, die es nicht erträgt, wenn ich sie nicht berühre.«

Göttin? Sie war überrascht, dass er ihr das Gefühl gab, eine zu sein. »Berühre mich. *Jetzt*.«

»Womit soll ich dich berühren? Mit meiner Hand?« Er

wackelte mit den Fingern. »Meinem Mund? Oder mit meinem Schaft?«

»Mit allem. Bi–« Sie presste ihre Lippen aufeinander. »Die Hände auf meinen Brüsten – ich mag es, wenn du meine Nippel drückst. Der Mund an meinem Geschlecht.«

Er formte die Lippen zu dem verführerischsten Lächeln, das sie bisher auf seinem Gesicht erblickt hatte. Sie schwor, dass sie allein dadurch noch feuchter wurde.

Dann legte er beide Hände auf ihre Brüste und streichelte sie einen Moment lang sanft. »Das mache ich doch mit Vergnügen.« Er kniff in ihre Brustwarzen und zog daran, bis sie vor Ekstase aufschrie. »Gefällt dir das?«

»Ja.«

Er wiederholte die Bewegungen, kniff und zog, während er sie auf den Mund küsste und sie mit seiner Zunge eroberte, derweil sie sich unter ihm wand. Sie klammerte sich an ihn und ihre Finger gruben sich in seine Kopfhaut und Schultern. Nun schlang sie die Beine um seine Taille und bog sich seinem Unterleib entgegen. Sein Schaft, der noch immer von seiner Hose bedeckt war, drückte gegen ihr Geschlecht und ließ eine Woge heißer Lust über sie hereinbrechen.

»Noch nicht«, murmelte er, ehe er sie auf den Hals küsste. Er verweilte bei ihren Brüsten und bearbeitete sie abwechselnd mit dem Mund und den Fingern, bis sie kurz vor ihrem Höhepunkt stand. So weit war sie noch nie auf diese Weise gelangt. Die Intensität ihres Verlangens nach ihm war erstaunlich.

Seine Lippen wanderten ihren Unterleib hinunter und bewegten sich sorgfältig, während er seine Aufmerksamkeit auf eine der Brüste heftete. Mit der anderen Hand glitt er zwischen ihre Beine und kitzelte ihre Schamlippen.

»So feucht und bereit für mich. Aber ich glaube, ich muss dich zuerst schmecken. Die Kostprobe von vorhin hat nicht annähernd gereicht.« Er senkte den Mund auf ihr Geschlecht und mit dem Daumen drückte er auf ihre Klitoris, während er über ihre Haut leckte.

Sie fasste seinen Kopf, als er mit der Hand über ihre Brust bis hin zu ihrer Hüfte streichelte. Dann legte er eines ihrer Beine auf seine Schulter und drang mit der Zunge tief in sie.

Der Orgasmus, der bereits unter der Oberfläche gebrodelt hatte, kam mit rasender Geschwindigkeit näher. Verzweifelt sehnte sie sich nach Erlösung und wollte gleichzeitig nicht, dass die Vorfreude darauf ein Ende hätte. Letztendlich blieb ihr keine Wahl. Er streichelte ihre Knospe und dann saugte er an ihrer Haut, bis sie aufschrie und ihre Muskeln sich anspannten, als sie kam. Für einen Moment wurde sie ganz starr und ihr Körper befand sich nun in jenem Zustand purer Ekstase, in dem sie sich fühlte, als würde sie irgendwo außerhalb ihrer selbst schweben. Eine Welle nach der anderen brach über sie herein, und er war unerbittlich, als er sie mit seinem Finger und seinem Mund verwöhnte, bis sie vollkommen erschöpft war.

Ihre Beine begannen zu zittern, und sie schlug die Augen auf, worauf sie sah, dass er seine Hose auszog. Sein Schaft sprang zum Vorschein. Er war groß und fest inmitten eines Kranzes dunkler Haare.

Sie leckte sich über die Lippen, und er stöhnte. »Nächstes Mal, Juno. Jetzt werde ich so tief in dich eindringen, dass wir nicht mehr wissen, wo der eine aufhört und der andere anfängt.«

Seine Worte stichelten sie an, doch es war mehr als das. Sie hatten Gewicht, wie ein Versprechen auf etwas, das über diese körperliche Vereinigung hinausging.

Nein, das wollte sie nicht denken. Ihnen war der heutige Abend beschieden, dieser glückliche Moment, und das würde vollauf genügen.

»Nimm mich, Dare«, verlangte sie und er kam ihrer Aufforderung nach. Sie stemmte sich von der Matratze hoch und legte sich der Länge nach auf das Bett, um dann einladend die Beine zu spreizen. Dann streckte sie die Hand nach seinem Schaft aus und legte sie um den harten samtigen Ansatz.

Seine Hüften zuckten und er stieg auf das Bett, worauf er sich zwischen ihren Schenkeln niederließ. Dann glitt er mit den Händen unter ihr Hinterteil und kippte ihre Hüften. Sie winkelte die Beine an und führte ihn zu ihrem Geschlecht. Sie berührten sich und schon hatte die Leidenschaft sie erneut in ihren Bann gezogen. Sie hatte geglaubt erschöpft zu sein, doch sie hatte noch viel mehr zu geben.

Juno umklammerte seine Kehrseite und zog ihn in sich hinein, wobei sie ihre Beine um ihn herum zusammendrückte. Genau wie er angekündigt hatte, stieß er tief zu.

Sie wollte ihn heftig und schnell in sich spüren und ihr Körper sehnte sich nach einer weiteren Erlösung. Doch er bewegte sich langsam, glitt in sie hinein und wieder heraus, während er sie küsste.

»Schneller, Dare.«

»Pssst. Einen Moment noch. Das ist der größte Moment meines Lebens, und ich werde ihn genießen.«

Lust durchströmte sie, und sie erwiderte seinen Kuss mit einer inbrünstigen Zärtlichkeit, mit der sie diese Erinnerung für immer in ihr Gedächtnis einbrennen wollte.

»Du bist so schön«, flüsterte er, während sich sein Körper über und in ihr bewegte. »So voller Freude. Meine Welt war so viel finsterer, bevor du sie betreten hast.«

Emotionen stiegen in ihr auf. Dann fing er an, sich schnell zu bewegen, und sie verlor sich im Rhythmus ihrer Körper, die immer wieder ineinander glitten. Die Erregung steigerte sich, und erneut stürzte sie in den Abgrund, während er weiter in sie eindrang, bis sein Orgasmus ihn überkam.

Sie spürte, wie er sich anspannte und kurz darauf aufschrie. Es begann mit diesem tiefen, wunderbaren Knurren und endete mit etwas Ursprünglichem, das sie erschaudern ließ.

Sie hielt ihn fest und küsste ihn – auf die Schulter, die Wange, die Stirn, den Mund. Wie konnte sie jetzt noch von ihm lassen?

Sie würde es nicht tun. Noch nicht.

»Macht es dir etwas aus, wenn ich eine Weile bleibe?«, fragte er leise und seine Lippen streiften ihre.

»Ganz und gar nicht. Aber du musst gehen, bevor das Dienstmädchen kommt, um das Feuer anzuzünden. Es ist noch dunkel.«

Er nickte und rutschte neben sie auf den Rücken. »Wir werden nicht erwischt werden.« Er sah zu ihr hinüber. »Willst du morgen früh mit mir reiten, damit ich dir beweisen kann, dass es nicht überbewertet ist?«

Leise lachend drehte sie sich so, dass sie ihm gegenüber lag. Sie legte ihre Hand auf seine Brust und fuhr mit den Fingerspitzen durch das dunkle Haar zwischen seinen Brustwarzen. »Ich hatte vor, morgen abzureisen, aber du bietest einen zwingenden Grund zu bleiben. Ich werde mit dir reiten. Zum Glück habe ich ein Reitkleid. Es ist sehr schick.«

Er zog eine Augenbraue hoch. »Du reitest nicht, aber du hast ein Kostüm dafür?«

»Ich versuche immer, vorbereitet zu sein. Und ich fürchte, ich habe eine erdrückende Anfälligkeit für Kleidung.«

»Tatsächlich? Mir ist aufgefallen, dass du für eine Begleiterin ziemlich gut gekleidet bist.«

»Ich bin nicht die typische Begleiterin«, entgegnete sie kokett.

Er lächelte, und sie wusste, dass sie nicht müde werden würde, ihn dabei zu beobachten. »Nein, das bist du nicht. Du bist in jeder Hinsicht außergewöhnlich.« Er drehte sich um und zog ihr den Zopf über die Schulter. Mit den Fingern begann er, ihr Haar aufzulösen. Als es offen war, legte er es ihr über die Schulter, sodass die Locken ihr Gesicht umschmeichelten: »So ist es besser.«

»Ist es das?«

»Ja, aber es könnte noch besser sein, wenn du auf mich steigen und es auf meine Brust fallen lassen würdest.« Er rollte sich auf den Rücken. »Wenn du dazu geneigt wärst.«

»Zufälligerweise bin ich das.« Sie setzte sich rittlings auf ihn und spürte, wie sich sein Schaft an ihrem Geschlecht versteifte. »Du scheinbar auch«, murmelte sie.

»Außerordentlich«, hauchte er, als er ihren Kopf zu sich herabzog und sie küsste.

KAPITEL 12

»*D*u machst das ganz wunderbar«, lobte Dare, als sie ihre Pferde nach einem aufregenden, wenn auch kurzen Galopp zum Schritt parierten.

Sie warf ihm einen skeptischen Blick zu und lächelte schief unter dem kecken Hut, der ihre goldenen Locken krönte. »Du lügst, aber ich mache dir keinen Vorwurf.«

»Das tue ich überhaupt nicht. Als wir anfingen, sagtest du, du würdest nicht schneller als im Handgalopp reiten.«

»Das schreibe ich deiner Hartnäckigkeit weit mehr zu als meiner Bequemlichkeit im Sattel.« Sie setzte sich auf ihrem Sattel zurecht.

»Du siehst großartig aus.« Sie hatte recht gehabt mit ihrem Kostüm – sie war von Kopf bis Fuß umwerfend. »Sollen wir eine Pause einlegen? Es gibt einen kleinen, ein wenig versteckten Zierbau ein Stück voraus.«

»Tatsächlich? Wie charmant. Ja, eine kleine Pause wäre herrlich.«

Dare führte sie um eine Baumgruppe herum, wo ein kleiner verfallener nachgebauter Tempel auf einem gedrungenen, niedrigen Hügel stand. Gebüsch und

Blumen wuchsen wild. Es war eigentlich nicht ganz wild, was Dare zu der Annahme veranlasste, dass dies zum Teil zu der Wirkung beitragen sollte, eine »Ruine« zu erschaffen.

Er saß ab und sprach leise zu dem Pferd, dem er zuflüsterte, für eine Weile still stehen zu bleiben. Dann ging er zu Juno hinüber und war ihr beim Absitzen behilflich. Sie legte die Hände auf seine Schultern und hob ihr Knie vom Knauf. Er fasste sie fest und ließ sie sanft zu Boden gleiten.

»Alles in Ordnung?«, fragte er.

»Es ist Ewigkeiten her, seit ich geritten bin. Über ein Jahr mindestens. Ich wage zu behaupten, dass ich morgen Muskelkater haben werde.«

»Ich hoffe, das wird es wert sein.«

»Frag mich das, wenn wir zum Stall zurückkehren.« Sie warf ihm einen sündigen Blick zu und dann fing sie an, den Hügel in Richtung des Zierbaus zu erklimmen. »Wie hast du dies gefunden?«

Er folgte ihr und ergötzte sich an ihrer schwingenden Kehrseite, als sie voranschritt. »Lord Cosford hat mir davon erzählt. Ich bin jeden Morgen ausgeritten. Das Anwesen ist sehr hübsch.«

»Du bist sehr gern im Freien. Reitest du jeden Tag?«

»Ja. Und ich gehe normalerweise auch spazieren.«

Sie blickte zu ihm zurück. »Und hat dein Anwesen einen Zierbau?«

»Drei. Ich baue gerade einen vierten. Für mich sind sie Räume im Freien.«

»Das klingt bezaubernd.« Sie hatte den Gipfel des Hügels erreicht und drehte sich zu ihm um. »Bist du schon immer so gern im Freien gewesen?«

»Ja. Mein Vater hat das angeregt. Er wollte, dass ich das Land kenne und es auf eine Weise wertschätze, wie einige unserer Klasse das nicht tun. Das Land definiert uns, es gibt uns einen Sinn und vervollständigt uns. Ohne das Land könnten wir nicht überleben.«

»Was für ein wunderschöner Gedanke. Ich habe mir nicht die Zeit genommen, so darüber zu denken.«

»Wozu haben deine Eltern dich ermuntert?«, erkundigte er sich, wobei er sich fragte, ob er je aufhören würde, neugierig darauf zu sein, mehr über sie zu erfahren.

Sie rümpfte die Nase ein wenig. »Zu Frauensachen, nehme ich an. Und Lesen, aber das war hauptsächlich mein Großvater.« Ihre Gesichtszüge wurden weicher. »Ich vermisse ihn schrecklich, aber wenigstens schreibt er.«

»Tatsächlich?« Dare freute sich ungemein über diese Nachricht. Es hatte ihn belastet, dass ihre ganze Familie so tat, als würde Juno nicht existieren. Wie konnten sie eine so lebensfrohe, wunderbare Person ignorieren, die sie als ihre Verwandte bezeichnen konnten? »Das freut mich für dich.«

»Warst du schon im Zierbau?« Sie drehte sich um und hielt auf den kleinen Steinbau zu. An der Vorderseite standen vier Säulen und eine Treppe führte in das Innere hinauf. Das Dach war teilweise offen, als ob es zur Hälfte eingestürzt wäre. Im Innenbereich befand sich eine Bank, und die Rückwand war stabil.

»In der Tat. Die Bank ist ein hervorragender Platz für die innere Einkehr.«

Sie trat ein und schlenderte zu der Steinbank. »Worüber hast du nachgedacht?«

»Ob Lady Marina und ich zusammenpassen. Warum zum Teufel ich zugestimmt habe, zu dieser Party zu kommen. Wie sehr ich eine bestimmte Begleiterin begehre.«

Sie drehte sich zu ihm um und starrte ihn herausfordernd an. »Wie viel ›sehr‹ war das?«

Er pirschte sich an sie heran, während die Lust in ihm

tobte. »Weniger als ich jetzt verspüre, aber immer noch ein schwindelerregendes Maß.«

»Zu schade, dass dieser Zierbau nicht mit einem Bett ausgestattet ist.« Sie legte den Kopf in den Nacken, als er vor ihr stehen blieb. »Ist das bei deinen der Fall?«

Er atmete ihren Duft ein und fuhr mit der Fingerspitze über ihr Kinn. »Noch nicht. Wie auch immer, kann ich das aber ändern. Das heißt, wenn du das möchtest.«

»Das würde ich ganz bestimmt.« Sie ließ die Hände über seinen Frack gleiten, als er den Kopf senkte, um sie zu küssen.

Feuer und Lust durchzuckten ihn, als ihre Lippen sich berührten. Stöhnend presste er sie an sich und labte sich an ihrem Mund. Sie klammerte sich an ihn und erwiderte seinen Kuss mit leidenschaftlicher Hingabe.

Er führte sie mit dem Rücken an die Wand und drückte sie dagegen. Sie keuchte, und er zog sich zurück. »Was ist los?«, fragte er.

»Der Stein ist ein bisschen kalt. Aber das ist mir einerlei.« Sie grub die Finger in ihn, und er küsste sie auf ein Neues.

Von seiner Begierde getrieben, legte er die Hand um ihre Brust und war von den vielen Schichten der Kleidung frustriert, die sie trennten. Mit den Zähnen zog er seinen Handschuh aus und warf ihn beiseite, ehe er nach ihren Röcken griff und sie hochhob.

Sie nahm ihm die Flut an Stoff ab und befreite seine Hand, damit er sie streicheln konnte. »Ja, bitte«, hauchte sie. »Nein, ich meine, berühre mich, Dare. Mach, dass ich komme.«

Ihre Worte ließen seinen Schaft vor Verlangen zucken. »Wie soll ich es machen?«, fragte er und ließ seine Fingerspitze über ihre Schamlippen gleiten, während er ihren Hals küsste. »Mit meiner Hand, so wie jetzt?« Er streichelte ihre Klitoris, und dann schob er zwei Finger in ihre feuchte Scheide. »Oder vielleicht mit meinem Mund?«

»Mit deinem Schaft.« Sie streckte die Hand nach seinem Kopf aus und schob seinen Hut beiseite, sodass er zu Boden fiel. »Ich will deinen Schaft. Den ganzen. *Jetzt.*«

Wie er solch eine Frau ausgerechnet auf einer Hausparty gefunden hatte, würde ihn immer wieder in Erstaunen versetzen. »Ich werde nie wieder eine Hausparty hassen«, murmelte er, während er seinen Schritt aufknöpfte.

Sie lachte leise. »Ich bin so froh, dass du deine Meinung diesbezüglich geändert hast.« Ihre Hand gesellte sich zu seiner, als er seinen Schaft aus seiner Unterwäsche befreite. Sie streichelte ihn, und er genoss ihre Berührung einen Moment, wobei er die Augen schloss und den Kopf zurücksinken ließ. Gestern Abend hatte sie ihn in den Mund genommen, oder besser gesagt, frühmorgens, bevor er ihr Bett verlassen hatte. Die Erinnerung daran ließ ihn in ihrer Hand beinahe zum Orgasmus kommen.

»Genug.« Er fasste sie an den Hüften. »Leg deine Beine um mich.«

Er hob sie hoch und drückte sie gegen die Wand, während sie ihre Schenkel um seine Hüften schlang. Sie klemmte die Hand dazwischen und führte seinen Schaft in sie ein. Er stieß tief zu und drückte sie gegen die Mauer, während er noch tiefer in sie sank.

Sie stöhnte – laut, was sein Verlangen nur noch weiter anfachte – und schlang ihre Beine um ihn. Nur das hatte er als Ermutigung gebraucht.

»Halt dich an mir fest«, befahl er und rieb sich an ihr, ehe er anfing sich zu bewegen. Er stieß heftig und schnell zu, aber er war vorsichtig dabei, um sie nicht zu verletzen.

»Ja, Dare. Genau so.« Sie küsste seine Wange, seinen Kiefer, dann biss sie sanft in sein Ohrläppchen. *»Schneller.«*

Sie *war* eine Göttin, und er würde ihr für den Rest seiner Tage an ihrem Altar huldigen. Er stieß in sie hinein und spürte ihre Muskeln, die sich um ihn zusammenzogen, als sie Erlösung verlangte.

Dann kam sie und eine Flut von Schreien und Verzweiflung brach aus ihr hervor, während sie die Finger in seinen Hals und seine Schulter grub. Er warf den Kopf zurück, seine Hoden spannten sich an und er schrie auf, als ihn die Verzückung übermannte.

Als sein Körper sich entspannte, ließ er sie langsam zu Boden sinken, aber er ließ sie nicht los. Er führte sie zur Bank und setzte sie so darauf, dass sie sich sammeln konnte.

Keuchend lehnte er sich an die Wand zurück und schloss die Augen, als er versuchte, wieder zu Atem zu kommen. Vielleicht sollte er einen fünften Zierbau planen. Mit einem Bett.

Grinsend schlug er die Augen auf und stellte fest, dass sie ihn beobachtete. »Ich denke, ich habe fraglos bewiesen, dass Reiten nicht überbewertet wird.«

Juno legte den Kopf schief und dann erhob sie sich langsam von der Bank. »Ich denke, das Gegenteil ist der Fall. Wenn du an diesen Ritt zurückdenkst, woran wirst du dich dann am meisten erinnern? Es wird nicht der eigentliche Ritt sein, wage ich zu behaupten.« Sie warf ihm einen anzüglichen Blick zu.

Er lachte laut auf und zog sie an sich. »Ich gebe meinen Irrtum zu, meine Göttin. Noch nie war ich glücklicher, mich geirrt zu haben.«

Tatsächlich war er noch nie glücklicher gewesen.

Wenn Juno vom Reiten nicht wund würde, dann bestimmt von dem Liebesspiel, dem Dare und sie sich in den vergangenen vierundzwanzig Stunden hingegeben hatten. Sie glaubte nicht, dass sie je so viel Zeit im Bett verbracht hatte, ohne zu schlafen. Nicht dass all ihre Aktivitäten im Bett stattfanden. Bis ans Ende ihrer Tage würde sie sich an ihren Akt im Zierbau erinnern.

Es hatte ihr sehr missfallen, anschließend wieder auf das Pferd zu steigen, aber sie hatte es über sich gebracht. Sie waren direkt zu den Stallungen geritten und dann war Juno ihm für den Rest des Tages aus dem Weg gegangen. Sie mied ihn, um keine Gerüchte aufkommen zu lassen und verbrachte den Nachmittag mit Lady Gilpin, die ihr alles über Presley erzählte – ihr Anwesen, auf dem Juno leben und mit Dorothy arbeiten würde.

Normalerweise wäre Juno von einer heiteren Vorfreude erfüllt gewesen. Doch sie fühlte sich traurig darüber, Dare zu verlassen. Sie war nur enttäuscht, weil sie daran gewöhnt war, dass ihre Affären länger als nur einige wenige Tage andauerten. Diese Zeit mit Dare würde sehr kurz sein – die Party dauerte nur noch zwei Tage –, was ein Jammer war, da er der beste Liebhaber war, mit dem sie je Bekanntschaft gemacht hatte.

Sie blickte zu ihm hinüber, wie er neben ihr im Bett döste. Er hatte sich, wie auch die Nacht zuvor, durch ihr Ankleidezimmer gestohlen. Sie hatten es nicht besprochen, aber Juno hatte gewusst, dass dies passieren würde. Während der gesamten Zeit des Dinners – bei dem sie dank ihrer ehestiftenden Gastgeberin beisammen saßen – war ein unterschwelliges Verlangen zu spüren gewesen, das zwischen ihnen knisterte. Sie hatte sich kaum zurückhalten können, ihn nicht zu berühren. Tatsächlich hatte sie es während der Mahlzeit mehrere Male fertiggebracht, seinen Oberschenkel zu streicheln. Er hatte das Gleiche bei ihr getan.

Es gab keine süßere Tortur oder größere Vorfreude als die, die von einer heimlichen Affäre herrührte.

Sie drehte sich um und schmiegte ihren Rücken an seine Seite, wobei sie die Augen geschlossen hielt. Morgen würden sie Schach spielen. Und vielleicht einen Wandschrank finden, in dem sie vögeln konnten.

»Mmm«, knurrte er an ihrem Nacken, während er einen Arm um sie legte und ihre Brust umfasste. Er kniff in ihre Brustwarze und entlockte ihrer Kehle ein leises Stöhnen.

»Sollten wir nicht schlafen?«, fragte sie, obwohl ihr Verlangen zwischen ihren Beinen pulsierte.

»Habe ich nicht gerade geschlafen?« Er spielte mit ihrer Brust, während sein Schaft sich an ihrer Rückseite versteifte.

»Ich nicht.« Sie seufzte, während er seine Hand über ihren Bauch gleiten ließ. Er streichelte ihre Klitoris und zog dabei träge Striche über ihre empfindliche Stelle, während er ihre Erregung zu einer Flamme der Begierde auflodern ließ.

»Sollte ich von dir ablassen?« Er zog eine Spur von Küssen über ihren Hals und ihre Schulter und nippte dabei an ihrer Haut.

»Nicht jetzt.« Indem sie ihr Knie auf der Matratze ein Stück vorschob, präsentierte sie ihm einladend ihr Geschlecht.

»Ich verstehe. Was, wenn ich darauf beharre?« Er liebkoste ihre Hüfte und dann ihre Rückseite, während seine Fingerspitzen über ihre Scheide glitten.

Sie drückte sich an ihn und suchte seine Berührung,

denn sie brauchte ihn in sich. »Du bist eine schreckliche Verlockung.«

»Ja.« Er streichelte sie überall, außer an der Stelle, an der sie es sich von ihm wünschte.

»Wirst du in mich eindringen oder nicht?« Ihre Frustration nahm den Kampf gegen ihr Verlangen auf.

»So etwa?« Unverhofft stieß er mit einem Finger in sie.

»Oh, ja.« Sie schloss die Augen und bewegte sich mit ihm, wobei ihre Hüften über die Bettlaken glitten, als er sie zum Höhepunkt trieb.

Dann war er fort, aber nur für einen Augenblick. Er führte seinen Schaft in sie ein und nahm sie auf eine langsame, laszive Reise mit. Sie bewegten sich zusammen und mit seiner Hand liebkoste er ihre Brust, während die ihre seinen Oberschenkel streichelte. Dies war ein Grad der Glückseligkeit, den sie noch nie erlebt hatte. Genau in dem Moment, als sie nicht sicher war, wie viel sie noch vertragen würde, drehte er sich um und drückte sie auf die Matratze, wobei seine Hüften gegen ihre Rückseite stießen.

Mit einem Kneifen in ihre Brustwarze befahl er ihr, zu kommen. Unfähig sich ihm zu widersetzen. explodierte sie und ihr Körper versteifte sich, als eine ungeheure Welle der Ekstase über sie hinwegbrandete.

Er packte sie fest und erlöste sich in ihr. Dann küsste er ihre Schulter und zog sich vorsichtig aus ihr zurück.

Juno lächelte und sie fühlte sich vollständig befriedigt und wunderbar. »Komm mit mir nach Bath, wenn die Party vorbei ist.«

»Das kann ich nicht.«

Sie rollte sich herum, um ihn anzuschauen. »Warum nicht?«

»Ich muss in London sein, um die Renovierung meines Hauses zu überwachen.«

»Wirklich?« Sie schob sich das Haar hinter ihr Ohr. »Das kannst du bestimmt verschieben und einige Tage mit mir verbringen, ehe ich nach Presley gehe.«

»Das kann ich nicht. Meine Pläne stehen seit Wochen fest.«

Sie stemmte sich auf ihren Ellbogen und stützte das Kinn in ihre Handfläche. «Es ist nur für ein paar Tage. Also ist es nur eine kleine Änderung deiner Pläne. Das ist kaum von Belang.«

Er runzelte die Stirn. »Natürlich ist es das. Ich werde in London erwartet.«

Ach du liebe Güte. Der verstockte Herzog war zurück.

»Ich verstehe, dass es schwierig sein kann, deine Pläne zu ändern, aber ich weiß, dass du es kannst.« Sie schenkte ihm ein aufmunterndes Lächeln.

»Nein, das kann ich nicht.« Er setzte sich auf und seine Züge hatten sich zu dem finsteren Ausdruck verdüstert, den sie den ganzen Tag über nicht gesehen hatte. »Vielleicht solltest du stattdessen mit mir nach London kommen.«

»Das kann ich nicht. Ich muss nach Hause, ehe ich nach Presley reisen kann. Durch einen Ausflug nach London wäre dies nicht möglich.«

»Dann solltest du vielleicht nicht nach Presley gehen.«

Juno setzte sich auf und hielt die Bettdecke vor ihre Brust. »Ich soll mit dir nach London kommen und dir wie eine Mätresse nachlaufen?« Nie würde sie erlauben, ihre Entscheidungen nach den Erwartungen anderer zu richten – ihre Ehe mit Bernard und der darauf folgende Verlust ihrer Familie waren das beste Beispiel dafür. Dass Dare so etwas von ihr erwarten würde, trug noch dazu bei. »Ich bin eine unabhängige Frau, Dare. Ich laufe niemandem hinterher. Ich treffe meine eigenen Entscheidungen. Für mich. Vielleicht solltest du gehen.« Der Aufruhr ihrer verletzten Gefühle ließ sie erzittern. Sie drückte die Bettdecke fest um sich, damit es aufhörte.

Er glitt aus dem Bett. »Das werde ich.« Dann schnappte er seinen Hausmantel und zog ihn an. Mit finsterem Blick nahm er das Hemd und die Hose vom Ende des Bettes und schob seine Füße in die Hausschuhe – es hatte zumindest den Anschein, dass er das tat, denn sie konnte nicht über die Bettkante blicken.

Mit ernstem Blick drehte er sich halb zu ihr herum. »Du kannst von mir nicht erwarten, dass ich meine Pläne ändere. Oder wer ich bin. Ich dachte, du kennst mich.«

»Das tue ich«, entgegnete sie leise seufzend. Das dachte sie jedenfalls, aber was tat das schon zur Sache? Es schien, als ob sie ihn nicht wirklich kannte. Doch was hatte sie erwartet? Dies war ein bezauberndes Intermezzo. Und es war eines, von dem sie gewusst hatte, dass es ein Ende finden würde.

Doch seine Erwartung, dass sie ihre Pläne änderte und sich seinen anpasste, erinnerte sie zu sehr an ihre Eltern und die schmerzhafte Verlassenheit. Sie hatte die tiefe Verwurzelung seiner Verstocktheit vergessen, und es war nur gut, dass er sie daran erinnert hatte. Damit hatte er ihr eine zukünftige Enttäuschung erspart.

Dare verließ sie ohne ein weiteres Wort. Sie blickte in die Leere und konnte sie bis tief in ihr Mark spüren.

Ja, es war an der Zeit, dem ein Ende zu machen. Sie musste sich wieder ihrem Leben widmen.

KAPITEL 13

Während der vorletzten Nacht hatte Dare kaum ein Auge zugetan und sich am nächsten Tag trotzdem prächtig gefühlt. Letzte Nacht hatte er sogar etwas mehr Schlaf bekommen, und dennoch fühlte er sich heute, als hätte man ihn hinter einer Kutsche her geschleift. Schlaf hatte scheinbar keinen großen Einfluss auf irgendetwas. Glück – oder dessen Nichtvorhandensein – hingegen schon.

Heute war kein Glück zu erwarten, sondern nur Elend. Am Morgen hatte er einen unerbittlich langen Ritt absolviert und die letzte Stunde, oder vielleicht waren es auch zwei gewesen, hatte er zu Fuß zugebracht. Alles, um das Haus zu meiden.

Nein, um Juno zu meiden.

Er war ihr allerdings nicht richtiggehend aus dem Weg gegangen. Jedenfalls nicht ganz. Seine Zeit hatte er bei dem Zierbau verbracht – für ihn würde es für immer ihr Zierbau bleiben – und nun hielt er sich vor der Orangerie auf.

Warum war er so … verstockt? Weil er nicht wusste, wie

er das nicht sein sollte. Er wurde in London erwartet. Er musste nach London fahren. Er konnte doch sein Leben nicht über den Haufen werfen, um eine Liaison mit der Begleiterin einer jungen Dame fortzusetzen.

Und warum nicht?

Er knurrte, wobei er die Lippen krauste. Weil es inakzeptabel war, einige Tage mit ihr in Bath zu verbringen, ehe sie ihn verließ, um ihre nächste Arbeitsstelle anzutreten. Die Zeit war zu kurz. Dass sie so etwas von ihm erwartete, veranlasste ihn zu dem Gedanken, dass sie ihn gar nicht richtig kennengelernt hatte.

Der Kummer fraß in seinem Innersten. Er hatte geglaubt, sie hätte ihn seiner Macken und seiner generellen Unfreundlichkeit zum Trotz verstanden. Zum ersten Mal in seinem Leben hatte er eine Beziehung zu jemandem geknüpft, die für beide Seiten von Vorteil zu sein schien. Sie machte gewiss einem besseren Menschen aus ihm – da war er sich sicher. Und er war geneigt zu denken, dass er einen positiven Einfluss auf sie hatte, was nichts mit seinem Status zu tun hatte.

Vielleicht hatte er sich in diesem Punkt geirrt. Sie hatte nicht gezaudert, einfach ihr Leben fortzusetzen und ihrer Tätigkeit nachzugehen, ohne einen Gedanken an ihn zu verschwenden. Es schien, als ob sie nicht im gleichen Maße von ihm beeindruckt war, wie er von ihr. Dieser Gedanke war wie ein Messer, das sich in seiner Brust drehte. Er hatte geglaubt, er hätte zum guten Schluss eine Frau gefunden, die hinter seine äußere Schale blicken konnte und bei der er sich wohl und akzeptiert fühlte – endlich.

Dieser Schmerz, der ihn so umtrieb, war der Grund gewesen, warum er gestern Abend gegangen war. Er hatte nicht darüber hinwegsehen können, dass es sich anfühlte, als hätte sie ihn im Stich gelassen, und auch das, was sie gemeinsam erlebt hatten.

Aber sie hat mich nach Bath eingeladen. Offensichtlich hat sie mich doch nicht im Stich gelassen – zumindest nicht ganz. Außerdem hätte ich auf diese Weise mehr Zeit mit ihr verbringen können, und das will ich doch, oder?

So war es. Er wollte nicht, dass das Glück ein Ende fand, das er unerwartet und auf wundersame Weise mit ihr gefunden hatte. Und doch hatte er sich wie ein Depp benommen und darauf beharrt, seine kostbaren Pläne nicht ändern zu können, was ihr bewies, dass er unflexibel und unverschämt verstockt war. Plötzlich besann er sich auf ihre Familie und deren Inflexibilität und Verstocktheit, als sie ohne das Einverständnis ihrer Familie geheiratet hatte. Sein Betragen war auch nicht viel besser. Aber so war er nun einmal, oder?

Nein. Für sie wollte er alles ändern.

Sie verdiente das Beste, was er ihr bieten konnte. Dieses Streben hatte sie in ihm geweckt. Sie hatte ihm Heiterkeit, Vorfreude und Liebe geschenkt.

Liebe?

Das Wort traf ihn wie ein Steinwurf. Konnte er sie lieben? Er hatte starke Leidenschaft empfunden, aber niemals Liebe. Es war ein unkontrollierbares, unnötiges Gefühl. In diesem Moment war es für ihn allerdings ebenso wichtig wie das Atmen.

Er liebte sie. Sehnsüchtig. Der Gedanke, nur einige wenige Tage mit ihr zu verleben, machte ihn ganz krank. Aber der Gedanke, nie wieder Zeit mit ihr zu verbringen, brachte ihn dazu, sich noch viel, viel schlimmer zu fühlen.

Der Drang, zum Haus zu gehen und ihr das zu sagen, war überwältigend, doch er zauderte. Was, wenn sie nicht wie er empfand? Sie war eine starke, unabhängige Frau, die darauf brannte, ihre Pläne zu verwirklichen – welche ihn nicht einschlossen. Sie war nicht auf ihn angewiesen.

Doch bestand die Chance, dass sie ihn begehrte? Wäre sie bereit, das allein von ihr geschaffene Leben aufzugeben, um seine Herzogin zu werden? Das war eine ziemliche Veränderung – für sie beide. Aber genau das wollte er. Das war ihm aus tiefster Überzeugung bewusst.

Dare lenkte seine Schritte hinter die Orangerie und änderte seine Geschwindigkeit, als diese neuen Gedanken sich in den Vordergrund drängten. All dies war nicht von ihm geplant. Es war kein Wunder, dass er so durcheinander war. Er blieb stehen und zwang sich, tief Luft zu holen.

Er liebte sie. Gestern Abend hatte er sich wie ein Narr benommen, und wenn er sie gehen ließe, ohne ihr etwas davon zu sagen, würde er es bis ans Ende seiner Tage bereuen. Und er war bereits entschlossen, nichts zu bereuen.

Er machte kehrt und marschierte zum Haus zurück, um sich auf die Suche nach seiner Göttin zu machen. Würde sie sich in ihrem Zimmer aufhalten? Er hörte Stimmen aus dem Salon und machte sich stattdessen dorthin auf den Weg. Das war für den Anfang ein guter Ort.

»Hier ist ja der Herzog!«, meinte Lady Cosford freundlich, als er kurz vor der Türschwelle stehen blieb. Sie saß auf einem Sofa und unterhielt sich mit Lady Bentham und Mrs. Hadley. Die beiden Damen musterten ihn, und er stellte fest, dass er noch seine Kleidung für den Aufenthalt im Freien trug. Wahrscheinlich hätte er sich erst umziehen sollen.

Er sah sich auf der Suche nach Juno im Raum um. Die meisten Gäste waren anwesend. Sie allerdings nicht. Verdammt.

Er rückte einige weitere Schritte in den Raum vor und heftete seine Aufmerksamkeit auf Lady Cosford. »Dürfte ich einen Augenblick mit Ihnen sprechen?«, fragte er leise, aber laut genug, damit die anderen sie hören konnten.

»Gewiss.« Sie erhob sich vom Sofa und trat zu ihm. Dann zogen sie sich zur Tür zurück.

Dare kam direkt zur Sache. »Ich frage mich, ob Sie mir sagen können, wo ich Mrs. Langton finden könnte?«

Lady Cosford runzelte die Stirn. »Ich bedaure, aber sie ist fort.«

Die Welt schien um Dare zu versinken. Seine Lungen zogen sich zusammen und er hatte ein merkwürdiges Gefühl in der Magengegend, als ob diese gar nicht vorhanden wäre. Sie war fort. Es war vorbei.

Nein, das ist es nicht, du Idiot. Reise ihr nach.

Er nahm sich zusammen und rollte die Schultern zurück. »Wohin ist sie gereist?«

»Sie ist nach Bath gefahren.«

»Wann?«

»Vor etwa einer Stunde?« Lady Cosford blickte ihn unsicher an.

»Wie können Sie das verdammt noch mal nicht genau wissen?« Seine Stimme hob sich, als all die anderen wundervollen Emotionen, die er gerade erst entdeckt hatte, dahinzuschmelzen begannen.

Das alles hätte nicht passieren sollen. Er hätte sich nicht verlieben oder zumindest nicht so dumm sein sollen, sie gehen zu lassen.

»Wir können im Stall nachfragen, wann sie aufgebrochen ist. Sie hat eine unserer Kutschen genommen.« Lady Cosford sprach in einem ruhigen, hilfsbereiten Ton, der allerdings nichts dazu beitrug, seine Aufregung zu lindern.

»Ist etwas nicht in Ordnung?«, rief Lady Bentham von irgendwoher. Dare hatte in diesem Moment einen

Tunnelblick und konnte nur seine Gastgeberin sehen. Um ehrlich zu sein, konnte er noch nicht einmal sie richtig sehen. Er sah Juno, aber sie war so schrecklich weit entfernt. Konnte er je zu ihr gelangen. War er zu spät?

Dares Herz pochte in einem harschen Stakkato. Kalter Schweiß lief ihm über den Nacken.

»Geht es Ihnen gut?«, fragte Lady Cosford und es klang, als würde ihre Stimme aus einem tiefen Loch heraus klingen.

»Er sieht nicht wohl aus«, erklang Lady Benthams Stimme erneut. Sie war näher als zuvor, aber es klang immer noch, als wäre sie hinter irgendetwas.

Er fühlte eine Berührung an seinem Arm und ruckte sofort zurück, wobei er gleichzeitig zur Seite trat. Dann blinzelte er und der Raum um ihn wurde wieder sichtbar. Was um alles in der Welt war mit ihm passiert?

Er blickte wild um sich und entdeckte Lady Cosford. »Ich muss ihr folgen. Unverzüglich.« Er würde sich nicht einmal umkleiden.

»Ich lasse Ihre Kutsche anspannen«, meinte Lady Cosford.

»Was für eine herrliche Überraschung das ist«, murmelte Lady Bentham. »Und wie entzückt die feine Gesellschaft sein wird.«

Lady Cosford wandte sich mit zusammengekniffenen Augen an die ältere Frau. »Haben Sie kein Schamgefühl?«

»Ich schäme mich sehr, aber nicht in dieser Angelegenheit«, entgegnete sie lachend. Sie blickte zu Dare. »Der Herzog weiß, wie die Welt funktioniert. In dem Moment, in dem er seine Absicht erklärte, Mrs. Langton nachzueilen, wusste er, dass sein Geheimnis – wie auch immer es im Einzelnen darstellte – der Öffentlichkeit gehörte. Zu glauben, dass die Anwesenden in diesem Raum solche eine freudige Nachricht nicht weitergeben würden, ist unter seiner Intelligenz.«

Sie hatte recht. Aber er hatte daran nicht gedacht, ehe er den Mund aufgemacht hatte. Er hatte überhaupt nicht darüber nachgedacht. Es lag keine Strategie hinter seiner Äußerung, sondern nur ein Urbedürfnis, bei der Frau zu sein, die er liebte. Juno würde sich freuen, dass von seiner Verstocktheit nichts in Sicht war.

Von diesen Überlegungen ermutigt, wandte er sich an Lady Bentham. »Es ist kein Geheimnis. Ich bin in Mrs. Langton verliebt und muss ihr das so bald wie möglich sagen. Wenn es Sie glücklich macht, diese Nachricht zu verbreiten, dann tun Sie das ruhig. Ehrlich gesagt ist es mir egal, ob es die ganze Welt es erfährt. Obwohl es mir lieber wäre, wenn die Lady dies von mir selbst erfährt«, meinte er ironisch und war überrascht und dankbar, dass sein Gleichgewicht weitgehend wiederhergestellt war.

»Das habe ich gerade.«

Dare dachte, er hätte sich verhört. Aber als er sich zur Tür umdrehte, war sie da. Seine Göttin war zurückgekehrt.

~

Juno starrte Dare an und dachte, sie könne ihn nicht richtig verstanden haben. Er liebte sie? Und das hatte er vor allen Anwesenden in diesem Raum gesagt?

Diese konzentrierten sich auf das Schauspiel, das sich gleich bei der Türschwelle abspielte. Juno fragte sich, was sie verpasst hatte. Obwohl sie sich nicht sicher war, ob es eine Rolle spielte. Nicht, wenn er wirklich zu den Worten stand, die sie vermeintlich gehört hatte.

»Du bist zurückgekommen«, meinte Dare schlicht, und seine Gesichtszüge strahlten Freude aus. Es war ein merkwürdiger Anblick, und Juno musste blinzeln, als würde sie in die Sonne blicken.

»Ja«, entgegnete sie langsam. »Habe ich gerade gehört ...«

»Mich sagen hören, dass ich dich liebe. Ja. Ich war ein Narr. Ein unflexibler, überheblicher, zielorientierte Griesgram. Ich möchte dich um Vergebung bitten.«

»Bist du sicher, dass du dieses Gespräch hier an diesem Ort führen willst?«, raunte sie und warf einen vielsagenden Blick zu Lady Bentham, die sie mit großem Interesse beobachtete und auf jedes Wort lauerte.

»Das will ich. Es ist mir egal, wer mithört, was ich zu sagen habe.« Er legte die Stirn in Falten. »Es sei denn, es macht dir etwas aus. Vielleicht wäre es dir lieber, wenn ich meinen Mund schließe und nie wieder ein Wort hervorbringe.«

Vor Freude darüber, dass er seine Gefühlte über die ihren stellte, konnte sie sich ein Lächeln nicht verkneifen. Es war so verkehrt von ihr gewesen, ihn mit ihren Eltern zu gleichzusetzen und einfach zu ignorieren, dass er mit seiner Inflexibilität zu kämpfen hatte. »Ich bin schockiert, das gebe ich zu, aber dass du so viel äußerst, ganz abgesehen davon, was du zeigst ... es ist außerordentlich. Aber ich höre mir mit Freuden an, was du zu sagen hast, in welchen Rahmen du auch immer das zu tun gedenkst.« Wenn sie sich um ihre berufliche Zukunft als Begleiterin Sorgen machte, würde sie ihn zum Schweigen gebracht haben. Sie war sich jedoch ziemlich sicher, dass ihre Rolle als Begleiterin bereits in Gefahr war, denn Lady Gilpin saß ganz in der Nähe und hatte ihre volle Aufmerksamkeit auf sie beide gerichtet.

Außerdem konnte sie sehen, wie Dares starre äußere Hülle Risse bekam, und sie konnte sich nicht überwinden, diesen Prozess aufzuhalten. Es war ein wichtiger Moment für ihn. Und hoffentlich auch für sie beide.

Er sank vor ihr auf die Knie, und mehrfaches Aufkeuchen erfüllte die Luft. Junos Puls beschleunigte sich und ihr Herz pochte gegen ihre Rippen, während Glück und Vorfreude in ihrer Brust aufeinanderprallten.

»Abgesehen davon, dass ich dich um Vergebung bitte ...«

»Dir sei vergeben«, unterbrach sie ihn, damit er keinen einzigen Augenblick mehr dachte, sie sei wütend oder enttäuscht. »Es gibt nichts zu verzeihen. Ich hätte verständnisvoller sein müssen. Ich kenne dich, und ich liebe alle deine Marotten.«

Seine Lippen formten sich zu dem umwerfendsten Lächeln, das er je zustande gebracht hatte. Juno musste sich beherrschen, um ihn nicht anzuspringen und ihn auf den Teppich zu werfen.

»Du liebst mich?«

Sie nickte.

»Wie unerwartet«, murmelte er und ergriff ihre Hand. »Und wundervoll. Ich wollte nicht nur um Verzeihung bitten, obwohl es anscheinend nicht nötig ist, sondern auch die Gelegenheit nutzen, um dich zu bitten, meine Frau zu werden. Juno, meine Göttin, würdest du mir die Ehre erweisen, meine Herzogin zu werden?«

Eine Herzogin! Juno hatte viele Möglichkeiten in Betracht gezogen, als sie beschlossen hatte, die Kutsche wenden zu lassen und nach Blickton zurückzukehren, darunter auch die Heirat. Sie hatte jedoch unverzüglich der Tatsache ins Auge gesehen, dass das niemals geschehen würde. Welcher Herzog würde einer bezahlten Begleiterin einen Heiratsantrag machen? Insbesondere ein Herzog mit festen Plänen und Erwartungen.

Sie schlug sich die freie Hand vor den Mund, als die

Gefühle sie übermannten. Damit, dass er sagen würde, sie zu lieben, hatte sie nicht gerechnet. Und diese Situation hatte sie sich ganz sicher nicht vorgestellt.

»Du hast es geplant?«, war alles, was sie über die Lippen bekam, und kurz ließ sie die Hand an ihr Kinn sinken.

Er zog eine der prächtigen dichten Augenbrauen hoch. »Das kann dich nicht überraschen?«

Ein Kichern stahl sich aus ihrem Mund, und sie bewegte ihre Hand wieder nach oben, um ihre Lippen zu verschließen. Sie holte durch die Nase Luft und ließ die Hand dann sinken, als sie den Tumult in ihrem Inneren zu beruhigen suchte. »Nein, ich sollte nicht überrascht sein.«

»Werden Sie ihm eine Antwort geben?«, verlangte Lady Bentham grinsend zu erfahren.

»Ja«, entfuhr es Juno leise und sie streichelte Dare über die Wange. »Ja, ich werde dich heiraten, obwohl ich mir nicht vorstellen kann, warum du dich für mich entscheiden solltest.«

Er sah sie stirnrunzelnd an und ähnelte nun wieder weitaus mehr dem starren Herzog, den sie ebenfalls liebte. »Weil du intelligent, geistreich, stark und charmant bist, und weil du mich zum Lächeln bringst.«

»Der letzte Teil sollte genügen«, befand Lady Bentham drollig. »Sie könnten die einzige Person sein, die das schafft.«

Ein kleines Lächeln zeichnete sich auf Dares Lippen ab, und Juno lachte. »Das stimmt nicht, Lady Bentham. Aber Sie haben recht.« Sie drückte ihm die Hand. »Ich werde den Rest meines Lebens damit verbringen, dich so oft zum Lächeln zu bringen, dass dir die Lippen erlahmen werden.«

Er stand auf und hob ihre Hand, um ihr einen Kuss auf das Handgelenk zu drücken. »Ich bete, dass das nicht passiert, denn meine Lippen sind für mich von besonderem und essenziellem Nutzen. Und für dich«, fügte er mit heiserem Raunen hinzu.

»Du hast ein besseres Argument als Lady Bentham«, entgegnete sie leise, und ihre Brust spannte sich aufgrund einer überwältigenden Flut von Gefühlen. So erfüllt hatte sie sich noch nie gefühlt, nicht einmal, als sie sich in Bernard verliebt hatte. Das war ein anderes Gefühl gewesen, erkannte sie, eine junge Liebe voller Begeisterung und Leidenschaft. Diese hier war reif und vollkommen, und ihn zu lieben gab ihr das Gefühl ... richtig zu sein. Das war bedeutsam, denn sie hatte sich überhaupt nicht falsch gefühlt. Tatsächlich war sie mit ihrem Leben voll und ganz zufrieden gewesen. So zufrieden, dass sie sich ihren Wunsch, umzukehren, beinahe ausgeredet hätte. Bis sie schließlich eingesehen hatte, dass Dare diese Zufriedenheit vollkommen zunichtemachte, indem er sich in ihr Leben drängte. Es schien, dass die Liebe immer dann kam, wenn man sie am wenigsten erwartete.

»Ich muss dir sagen«, flüsterte sie, den Blick zu Dare erhoben, »das entspricht nicht meinen Erwartungen. Ich dachte, wir würden uns auf eine Beziehung einlassen, aber nicht, eine Ehe schließen. Ich bin Lady Gilpin gegenüber eine Verpflichtung eingegangen, und ich fühle mich nicht wohl dabei, sie im Stich zu lassen.« Mit einem Anflug von Schuldgefühlen warf sie einen Blick zu ihrer angehenden Arbeitgeberin.

»Natürlich tust du das nicht«, entgegnete er. »Du bist so loyal wie der Tag lang ist. Willst du ihr noch immer helfen?«

»Das will ich. Aber – und in diesem Punkt möchte ich mich ganz klar ausdrücken – meine Loyalität gilt in erster Linie dir. Uns.«

»Du beschämst mich.« Seine Stimme war tief und sanft,

und sein Ausdruck voller Liebe. Er legte einen Arm um ihre Taille und drehte sie in Lady Gilpins Richtung. »Wenn Sie einverstanden sind, wird Mrs. Langton Ihrer Tochter bei den Vorbereitungen für die Saison helfen. Nachdem wir geheiratet haben.«

Lady Gilpin machte große Augen. Sie hob die Hand an ihre Brust. »Das, ähm, das ist nicht notwendig.«

»Vielleicht nicht, aber Juno steht zu ihrem Wort, und sie möchte ihr Versprechen gerne einlösen.«

»Es wäre mir eine große Freude, Dorothy mit meinem letzten Auftrag als Begleiterin zu helfen«, fügte Juno hinzu, die Dare so sehr für seine Unterstützung schätzte.

»Dann ja«, meinte Lady Gilpin mit einem dankbaren Lächeln. »Wir würden uns sehr freuen, wenn die Herzogin von Warrington unsere Tochter auf ihre Saison vorbereiten würde.«

Auf diese Weise würde Dorothy ein unvergessliches Debüt erleben. Dafür würde Juno sorgen.

»Nun, ich denke, das schreit nach einem feierlichen Dinner«, verkündete Cecilia strahlend. Sie warf Juno einen erfreuten Blick zu und neigte leicht den Kopf.

»Danke«, murmelte Juno.

»Können wir jetzt gehen?«, murmelte Dare an ihrem Ohr.

»Ja.« Sie blickte sich im Zimmer um. »Wir sehen uns beim Abendessen.«

Dann verließ sie mit Dare den Salon, und er begleitete sie hinaus.

»Die Orangerie?«, fragte sie.

»Das scheint passend zu sein.« Er hielt ihr die Tür auf, als sie das beheizte Gebäude betrat.

Während sie noch weiter hineinging, spürte sie, dass er nicht hinter ihr stand. Als sie sich umdrehte, sah sie ihn an der geschlossenen Tür stehen, seinen Blick mit dunkler Absicht auf sie gerichtet.

Sie erschauderte, aber auf die beste Art und Weise. »Es tut mir wirklich leid, dass ich gestern Abend nicht verständnisvoller war. Ich hätte nicht so fordernd sein dürfen. Im Nachhinein hatte ich Angst, du würdest mich genau wie meine Eltern im Stich lassen.«

Er stürzte auf sie zu und schloss sie in die Arme. »Meine Liebste, das könnte ich nie tun. Es wird eine Qual für mich sein, wenn du gehst, um Lady Gilpins Tochter zu helfen.«

Sie küsste ihn, und die Freude drohte, sie ganz zu verschlingen. »Es wird auch für mich eine Qual werden.«

»Was habe ich dir darüber gesagt, anspruchsvoll zu sein?«, knurrte er und entfachte ihr Verlangen. »Ich will, dass du das mit mir machst. Immer. Eines der Dinge, die ich am meisten an dir liebe, ist deine absolute Ungeduld mit meinem Unsinn. Du machst mich zu einem besseren Mann.«

»Das war nie meine Absicht.« Sie streichelte seine Wange. »Ich habe noch nie jemanden kennengelernt, der so stoisch ist. Du hast mich provoziert, dich zu provozieren. Ich hatte nie die Absicht, dich zu ändern, und ich hätte das vergangene Nacht nicht von dir erwarten dürfen.«

»Ich mag es, weniger verstockt zu sein – zumindest bei dir. Was die anderen denken, ist mir einerlei.« Er küsste sie erneut. »Nur was meinst du?«

»Ich bin, glaube ich, froh, dass wir beide erkannt haben, zusammen besser zu sein als getrennt.« Sie biss sich auf die Lippe. »Ich hoffe nur, die Leute – wie deine Familie – werden mich akzeptieren.«

»Meine Mutter wird dich vergöttern, weil ich es tue. Ich kann es sogar kaum erwarten, dass du sie kennenlernst. Ich mache mir mehr Sorgen um deine Familie.«

»Warum? Sie bedeuten mir doch gar nichts.«

»Ich glaube schon«, sagte er leise. »Ich habe vor, sie wieder in dein Leben zu holen, und wenn du beschließt, dass du sie nicht dabei haben willst, dann sind wir es, die sie ignorieren. Nicht sie.«

Die Emotion schnürte ihr die Kehle zu. »Du bist der allerbeste Mann. Meine Mutter wird schockiert sein, dass ich einen Herzog heirate.« Sie schüttelte den Kopf. »Ich weiß nicht, ob ich es glauben werde, bis es wahr ist.«

»Ich dachte, wir heiraten mit einer Sonderlizenz, da du andere Verpflichtungen hast. Ist das für dich akzeptabel?«

Mit Liebe und Dankbarkeit in ihrem Blick sah sie ihn an. »Es ist mehr als akzeptabel. Es ist wundervoll. Wo möchtest du die Zeremonie abhalten?«

»London – und nicht, weil ich dorthin muss.« Er verdrehte die Augen und brachte sie damit zum Lachen. »Das wird das Leichteste sein, um die Lizenz zu erhalten. Ich werde nach meiner Mutter schicken lassen, damit sie uns dort trifft, wenn das für dich in Ordnung ist.«

»Das wäre herrlich.«

»Ich werde an deinen Vater schreiben und ihn von meiner Absicht in Kenntnis setzen. Soll ich ihn ebenfalls einladen, zu kommen? Ich erwarte, dass wir innerhalb einer Woche verheiratet sein werden, und wenn deine Familie es in der Zeit nicht schafft, bedauere ich das sehr.«

Sie stellte sich auf die Zehenspitzen und küsste ihn. »Ich liebe dich so sehr, mein verstockter Herzog.«

Er schlang die Arme um sie und zog sie zu sich heran. »Ich versuche, das nicht zu sein. So steif meine ich.«

Sie drehte ihre Hüften gegen seine, um sich an seinen harten Schaft zu pressen, und antwortete: »Ich möchte behaupten, dass du auf spektakuläre Weise scheiterst. Und darüber beschwere ich mich nicht im Geringsten. Tatsächlich musst du mir versprechen, dass du niemals damit aufhören wirst.«

Er warf den Kopf in den Nacken und lachte lauthals los, was ein verstockter Herzog niemals tun würde.

»Du hast meinen aufrichtigsten Schwur darauf, meine Göttin.« Er senkte den Mund auf ihren und küsste sie innig. Dann warf er den Kopf in den Nacken und schaute ihr in die Augen. »Meine Liebe zu dir ist fest und unveränderlich. Für immer.«

EPILOG

London

»Schachmatt.«

Dare schaute auf das Spielbrett. Er hatte es natürlich kommen sehen, doch er war dennoch erstaunt darüber, wie rasch sich ihr Können in solch kurzer Zeit gebessert hatte. Da hätte allerdings nicht sein müssen, da sie die klügste Frau war, die er je kennengelernt hatte. »Gut gemacht«, murmelte er mit großer Bewunderung, während er ihren Blick suchte.

Sie lächelte stolz und blickte zu seiner Mutter hinüber, die mit einer Handarbeit bei ihnen saß. »Ich habe gewonnen, Mama.« Die Herzoginwitwe hatte darauf bestanden, dass ihre Schwiegertochter sie ebenfalls Mama nannte. Wie Dare vorausgesehen hatte, betete sie Juno an.

»Hurra!« Seine Mutter legte die Handarbeit weg und griff nach dem Glas Sherry. »Ein Trinkspruch auf die Herzogin und ihren Sieg!«

Dare nahm sein Glas Portwein im gleichen Moment wie Juno. Alle hoben ihre Gläser und tranken einen Schluck.

»Es ist zu schade, dass deine Eltern und dein Großvater heute Morgen abgereist sind. »Ich wage zu sagen, dass der Baron sich sehr über deinen Triumph gefreut hätte.«

Der Baron hatte sich als überraschend charmant erwiesen. Dare mochte ihn sehr. Ihre Eltern waren weniger … liebenswert, doch das lag wahrscheinlich daran, dass Dare wütend wegen der Art und Weise war, wie sie ihre Tochter in den vergangenen Jahren behandelt hatten. Er hatte sich nicht verkneifen können, darauf hinzuweisen, dass ihre Tochter erneut ohne ihre Erlaubnis geheiratet hatte, obwohl die Verbindung offenbar mehr nach ihrem Geschmack zu sein schien. Juno hatte ihn dafür kräftig mit dem Ellbogen angestoßen. Später hatte sie dann seinen nicht vorhandenen Schmerz behandelt und ihm freudig dafür gedankt, der beste Ehemann überhaupt zu sein.

»Ich denke, ich werde mich zurückziehen.« Dares Mutter stand auf und wünschte ihnen eine gute Nacht. »Ich werde dich vermissen, wenn du fort bist, um deinen Schützling zu betreuen«, sagte sie zu Juno.

»Ich werde dich auch vermissen, Mama«, entgegnete Juno herzlich. »Aber um die Weihnachtszeit werden wir wieder vereint sein und dann wirst du für die Saison nach London zurückkehren.«

»Ich kann es kaum erwarten. Gute Nacht, meine Lieben.« Sie schenkte Dare den gleichen Blick, mit dem sie ihn seit ihrer Ankunft und ihrem Kennenlernen von Juno ansah. Es war ein Blick unerschütterlicher Liebe und Dankbarkeit. Sie war so glücklich, dass er glücklich war.

Und das machte ihn sogar noch glücklicher. Er hatte sich zu weichherzig gewandelt oder was immer das Gegenteil von verstockt war.

»Hmm, sollen wir nach oben gehen und uns auch zu Bett begeben?«, fragte Juno. »Wir haben nur noch zwei Nächte, bis ich nach Presley aufbreche.«

»Ich fange allmählich an zu glauben, dass ich dich begleiten sollte.«

Sie schüttelte den Kopf. »Nein, du wärst eine riesige Ablenkung und das kann ich nicht haben. Selbst wenn ich bei Marina nicht wirklich versagt habe, verspüre ich dennoch das Bedürfnis, dass dies die bislang erfolgreichste Stellung werden muss.«

»Natürlich hast du bei ihr nicht versagt«, meinte er leise. »Das hat sie dir doch mitgeteilt.« Lady Marina hatte ihnen geschrieben, als sie von ihrer Verlobung erfahren hatte, und ihnen viel Glück gewünscht. Sie schien guter Dinge – zumindest auf dem Papier.

»Das vermute ich nicht. Ich hoffe, sie irgendwann im neuen Jahr zu sehen. Vielleicht während der Saison. Zwischenzeitlich dauert unsere Trennung nur einen Monat.«

»Eher fünf Wochen«, korrigierte er sie.

»Ich liebe es, dass du dir jedes Tages bewusst bist, den wir getrennt sind. Die Zeit wird wie im Flug vergehen und dann werde ich für die Feiertage bei dir sein.« Sie erhob sich von ihrem Stuhl und kam um den kleinen Tisch herum.

Er schob seinen Stuhl zurück und rückte ihn so zurecht, dass er sie auf seinen Schoß nehmen konnte. »Ich werde trotzdem kommen, um dich abzuholen. Darauf bestehe ich. Tatsächlich sollte ich dich dort abliefern. Das würde uns zwei Tage einbringen – und eine gemeinsame Nacht.« Er vergrub das Gesicht an ihrem Nacken und küsste ihre warme Haut.

»Es sind tatsächlich zwei Nächte, da du auf Presley

übernachten musst, ehe du dich wieder auf den Weg machst.«

»Du sagst nicht nein?« Sein Blut geriet vor Vorfreude, sowohl über seine Reise nach Presley als auch die kommenden zehn Minuten, in Wallung.

»Das tue ich offenbar nicht. Mit den Händen fuhr sie durch sein Haar und ihre Finger massierten seine Kopfhaut, während er sich an ihrem Nacken und ihrem Schlüsselbein labte. »Ja, komm mit mir. Aber bleibe nicht.«

Er umfasste ihren Nacken und zog sie zu einem langen, innigen Kuss zu sich heran. »Wir werden sehen, ob ich dich umstimmen kann.«

»Wenn irgendjemand das zustande bringt, dann du, mein Liebster. Aber anders als du war ich immer schon flexibel.«

»Mmm.« Wieder küsste er sie. »Zeig es mir.«

Verpassen Sie nicht, was bei der Hausparty auf Blickton im Jahre 1803 passiert, auf der ehestiftende Machenschaften und wahre Liebe im Überfluss vorhanden sind! Folgen Sie den Chroniken der Ehestiftung mit Ein Earl als Junggeselle, Der ausgerissene Viscount und lesen Sie anschließend Die unechte Witwe!

Ich danke Ihnen sehr, dass Sie **Der verstockte Herzog** gelesen haben. Ich hoffe, es hat Ihnen gefallen!

Möchten Sie erfahren, wann mein nächstes Buch verfügbar ist? Sie können sich für meinen Deutscher Newsletter anmelden, mir auf Amazon.de folgen und meine Facebook-Seite liken. Alle Newsletter-Abonnenten erhalten exklusive Bonus-Geschichten, die sonst nirgends erhältlich sind, unter anderem auch die einleitende Vorgeschichte zur Buchreihe *Der Phönix Club*.

Rezensionen helfen anderen, Bücher zu finden, die für sie geeignet sind. Ich schätze alle Bewertungen, ob positiv oder negativ. Ich hoffe, dass Sie erwägen werden, eine Bewertung bei Ihrem bevorzugten der Seite Ihres bevorzugten Internet-Netzwerkes abzugeben.

Ich mag meine Leser so sehr. Danke!

Sind Sie an weiterer Regency-Romantik interessiert? Schauen Sie sich meine anderen historischen Serien an:

Die Unberührbaren
Geraten Sie ins Schwärmen über zwölf der begehrtesten und schwer fassbaren Junggesellen der feinen Gesellschaft und die Blaustrümpfe, Mauerblümchen und Außenseiterinnen, die sie in die Knie zwingen!

Die Unberührbaren: Die Prätendenten
In der faszinierenden Welt der Unberührbaren spielend, handelt die Saga von einem Geschwistertrio, die sich darin auszeichnen, sich als jemand auszugeben, der sie nicht sind. Werden ein unerschrockene Bow Street Ermittler, ein niedergeschmetterter Viscount und eine desillusionierte Dame der feinen Gesellschaft es schaffen, ihre Geheimnisse zu lüften?

Ruchlose Geheimnisse und Skandale
Sechs unglaubliche Geschichten, die sich in den glamourösen Ballsälen Londons und den herrlichen Landschaften Englands abspielen. Das erste Buch, **Ihr ruchloses Temperament** erscheint in Kürze!

Die Liebe ist überall
Herzerwärmende Nacherzählungen klassischer Weihnachtsgeschichten im Regency-Stil, die in einem gemütlichen Dorf spielen und von drei Geschwistern und dem besten Geschenk von allen handeln: der Liebe.

Der Club der verruchten Herzöge
Sechs Bücher, geschrieben von meiner besten Freundin, der New York Times Bestseller-Autorin Erica Ridley, und mir. Lernen Sie die unvergesslichen Männer von Londons berüchtigtster Taverne, dem Verruchten Herzog, kennen. Verführerisch attraktiv, mit Charme und Witz im Überfluss, wird eine Nacht mit diesen Wüstlingen und Filous nie genug sein ...

Lords und die Liebe
Für alle, die nach einem Ehemann oder einer Ehefrau Ausschau halten, gibt es keine bessere Zeit und keinen besseren Ort, als das jährliche Maifest im englischen Marrywell, um die wahre Liebe zu finden. Prinzen und arme Leute verlieben sich gleichermaßen, und manchmal auch in die Person, bei der sie dies am wenigsten erwarten

...

BÜCHER VON DARCY BURKE

Historische Romantik

Der Phönix Club

Ungehörig: Das Mündel des Earls

Leidenschaftlich: Eine zweite Chance für das Eheglück

Intolerabel: Die Schwester des besten Freundes

Unschicklich: Eine Vernunftehe

Unmöglich: Eine Schöne und ein Scheusal im Liebesglück

Unwiderstehlich: Eine Scheinehe mit dem Spion

Untadelig: Eine geheime, verbotene Affäre

Unersättlich: Der geläuterte Lebemann und die unwillige
Debütantin

Chroniken der Ehestiftung

Der verstockte Herzog

Ein Earl als Junggeselle

Der ausgerissene Viscount

Die unechte Witwe

Die Unberührbaren

Ein Earl als Junggeselle (prequel)

Der verbotene Herzog

Der wagemutige Herzog

Der Herzog der Täuschung

Der Herzog der Begierde

Der trotzige Herzog

Der gefährliche Herzog

Der eisige Herzog

Der ruinierte Herzog

Der Herzog der Lügen

Der betörende Herzog

Der Herzog der Küsse

Der Herzog der Zerstreuung

Der unverhoffte Herzog

Der charmante Marquess

Der verwundete Viscount

Die Unberührbaren: Die Prätendenten

Geheimnisvolle Kapitulation

Ein skandalöser Pakt

Des Gauners Rettung

Ruchlose Geheimnisse und Skandale

Ihr ruchloses Temperament

Sein ruchloses Herz

Die Verführung des Halunken

Verliebt in eine Diebin

Die Schöne und der Halunke

Einmal Halunke, immer Halunke

Die Liebe ist überall

(eine Regency Weihnachtstrilogie)

Der Earl mit dem flammendroten Haar

Das Geschenk des Marquess

Eine Freude für den Herzog

Der Club der verruchten Herzöge

Eine Nacht zum Verführen by Erica Ridley

Eine Nacht der Hingabe by Darcy Burke

Eine Nacht aus Leidenschaft by Erica Ridley

Eine Nacht des Skandals by Darcy Burke

Eine Nacht zum Erinnern by Erica Ridley

Eine Nacht der Versuchung by Darcy Burke

Lords und die Liebe

Ein Herzog wird verzaubert

Erbin dringend gebraucht

Die Heiratsvermittlerin und der Marquess

ÜBER DIE AUTORIN

Darcy Burke ist die USA Today Bestsellerautorin für sexy, emotionale, historische und zeitgenössische Romantik. Darcy schrieb ihr erstes Buch im Alter von 11 Jahren – mit einem Happy End – über einen männlichen Schwan, der von der Magie abhängig war, und einen weiblichen Schwan, der ihn liebte, mit nicht sehr gelungenen Illustrationen. Schließen Sie sich ihr an newsletter!

Darcy, die in Oregon an der Westküste der Vereinigten Staaten geboren wurde, lebt am Rande des Wine Country mit ihrem auf der Gitarre spielenden Ehemann und ihren beiden ausgelassenen Kindern, die das Schreiben geerbt zu haben scheinen. Sie sind eine nach Katzen verrückte Familie mit zwei bengalischen Katzen, einer kleinen, familienfreundlichen Katze, die nach einer Frucht benannt ist, und einer älteren, geretteten Maine Coon, die der Meister der Kühle und der fünf-Uhr-morgens-Serenade ist. In ihrer ›Freizeit‹ ist Darcy eine regelmäßige ehrenamtliche Mitarbeiterin, die in einem 12-stufigen Programm eingeschrieben ist, in dem man lernt, ›Nein‹ zu sagen, aber sie muss immer wieder von vorne anfangen. Ihre Lieblingsplätze sind Disneyland und das Labor Day Wochenende in The Gorge. Besuchen Sie Darcy online unter https://www.darcyburke.de.

facebook.com/darcyburkefans

twitter.com/darcyburke

instagram.com/darcyburkeauthor

pinterest.com/darcyburkewrites

goodreads.com/darcyburke